明治の御世《みよ》の「坊っちゃん」

古山和男
Kazuo FURUYAMA

春秋社

はじめに

誰の蔵書だったか、家に古い蓄音機やレコード盤と一緒に漱石があった。中学に上がった時分、悪戯に少し読んでみたら、児童書より面白い気がした。しかし、変な漢字の意味がわからなかった。

高校の授業で漱石の特異な当て字のことが話題になったことがあったが、「漱石の教養は我々凡人には到底窺い知ることができない」との先生の仰せで、議論はお仕舞になった。いくら考えても及びもつかないのでは致し方ないが、偉大な漱石先生であれば許されるという奇妙な用字や特殊な表記に対する疑問が消えたわけではなかった。このことについて、説得力のある論評や研究がなされていないのも不思議であったが、漱石の文章はとにかく乗りがよく、読みやすくて、議論がスカッとして心気持ちがよいので、この拍節感は何に由来するものかとも思っていた。

私は、音楽の理論と演奏法を研究して古い時代の楽曲を演奏する身である。それで、作曲者の歴史的社会的な活動についても調べることがあるが、この作業を通じて知ったベートーヴェンの革命家としての激しい生き様に感銘を受けた。諷刺の効《き》いた作品で強大な権力をもつ者に挑みかけ、聖人と呼ばれたのがこの作曲家である。作品の不断の発表によって独裁的な権力体制と胆《きも》の据わった闘いを続けたという点で負けていないのが、夏目漱石である。ベートーヴェンと漱石には、その知的で巧妙な戦い方の発想と手法の面白さに共通するものを感じていたので、この点でも漱石という人に興味があった。

あるとき、王朝風和歌の「三四調」と近代短歌の「四三調」の拍節リズムの違いが、バロック音楽の宮廷風の「ギャラント様式」と、近代音楽に移行しかかった時代の「多感様式」の拍節運動の加速の違いと似ていると思った。それで、漱石の『三四郎』の主人公の古風で重い言葉が「三四調」で、「与次郎」の軽い「へらへら調」が「四三調」であるのではと考え、漱石の文体のリズムを調べてみた。確かに、「三四調」を含んだ「七五調」の能楽の四拍子や都々逸調で読める所もあるが、事はそれほど簡単ではなく、この仮説は行き詰まった。ただ、その音とリズムに注意して読んでいると、文面からは能の謡《うたい》や囃子《はやし》方の打物、能管のアシライが聴こえ、三間四方の舞台上で足拍子を踏むシテの仕舞が目に見える気がした。それで、『三四郎』

は夢幻能の『二人静』を下敷きにした能楽仕立てであることに気がついた。漱石を直接知っていた高浜虚子などの編集者たち、漱石より前に能楽による戯作を書いていた泉鏡花、能楽の研究者となった野上豊一郎とその妻弥生子、中勘助、森田草平、鈴木三重吉、芥川龍之介などの弟子たち、あるいは、朝日新聞主筆の池辺三山らは、彼らが書いたものなどから想像するに、漱石の小説が能楽仕立てであることの意味を知っていたのではなかろうか。少なくとも漱石特有の表記が諷刺を行うための仕掛けの一端であることは理解していたと思われる。そのことに触れた記述が残っていないのは、筆禍が及んで作品が発行禁止となることを警戒してのことであろうと考えるようになった。

三四郎は、与次郎に「君は明治何年生まれかな」と尋ねられ、「明治十八年」あるいは「十九年」と答えるべきところを、「二十三だ」と間の抜けた返事をする。この小説では若者の年齢はすべて二十三である。また「ベーコンの二十三頁」「二三冊と一緒に放り込んで」「二口三口」など、「二十三」「二、三」という表記が多い。とくに「黒い女」の「花」に遭遇する汽車の場面では、異常に多用されている。これを戯作の諷刺の手法と考えてみると、美禰子とよし子は、三四郎が「二十三頁《ぺーじ》のなかに顔を埋め」、「二十三頁の前で一応昨夜のおさらいをする」という「二〇三高地」の「兵士《ぺいじ》」、つまり戦場で「花と散った」戦死者の霊として説明できることに気づかされた。この「女」たちが能の舞台で亡霊として現れるシテである。

それで、『坊っちゃん』も同じように、能楽仕立ての戯作として読み解いてみた。これから読んでいただくのがその解釈の成果である。

後世の印刷楽譜を信用したばかりに、適切に演奏するのにひどく遠回りをさせられたことがあった。スラーなどの記号一つによっても音楽の内容は全く変わってくるからである。作者の真意は、他者によって編集され出版物から誤って伝わることがある。それで、今回の解釈を行うに当たり、予断を排除するために、漱石の手稿だけを信頼することにした。

予断を排して作曲家が書き残した譜面を手にしたとしても、それだけでは生きた音楽の演奏にはならない。音楽にするには演奏者の的確な解釈と魅力ある音にする才能が要るからである。小説も同じであろう。漱石が書いたものの行間を読んで解釈しなければ、作品は生きた姿を現さない。しかし、解釈は人により時代や文化により変わってくるものであるから正調も正解もない。聴衆や読者の喝采の寡多、あるいはブーイングによってその妥当性、公正さと価値を知らされるのみであると信じる。

筆者

明治の御世《みよ》の「坊っちゃん」　目次

凡例

本書で〈 〉で引用する『坊っちゃん』の原文は、すべて自筆原稿からのものであり、付した番号によって原稿用紙上での場所を示してある。（1左1）は原稿用紙番号1の左側の1行目から始まるの意味である（集英社新書ヴィジュアル版『直筆で読む「坊っちゃん」』などの復刻版を参照）。また、必要に応じて虚子の編集による雑誌『ホト、ギス』の付録版を「初出」、『鶉籠』の編集を「初版」として引用し、その文面を「 」で示した。漱石の他の作品の引用は『漱石全集』（岩波書店）に拠った。

また、『坊っちゃん』では登場人物のすべてが実在の人物を諷刺した渾名《あだな》で呼ばれているが、本書では、歴史上の人物と区別するため、諷刺された人物らしき登場人物とその渾名は「 」で表示する。明治天皇睦仁は実在の歴史的人物であるが、「坊っちゃん」と呼ばれているのは諷刺された「天皇睦仁」らしき人物である。

明治の御世《みよ》の「坊っちゃん」

序章　能楽仕立ての戯作小説

「百年計画」と「文章の趣味」

『坊っちやん』『草枕』『二百十日』を収めた作品集『鶉籠《うずらかご》』(1)の出版を準備していた漱石は、高浜虚子に宛て「学校なんどへ出るのが惜しくつてたまらない。やりたい事が多くて困る。僕は十年計画で敵を斃す積もりだつたが近来此程短気な事はないと思つて百年計画にあらためました。百年計画なら大丈夫誰が出て来ても負けません」と書き送った。そして、『鶉籠』の序文に次のように記した。

〔…〕其胸中に漂へる或物に一種の体を与へたるを信ず。
天下、著者にちかき或物を抱いて、之を捕へ難きに苦しむものあらん。之を捕へて明かならざるを憂ふるものあらん。之を明かにして表現の術なきに困するものあらん。〔…〕是等の士に幾分かの慰藉を与ふるを得ば著者の願は足る。

著者の描けるものが、如何に読者の心に映じて、如何に読者の情を動かすかは、著者の問ふ所にあらず。否問はんと欲するも著者の権外に落つ。〔…〕

只文章は趣味を生命とす。文章にして趣味なきは天日の冷ややかなるが如し。卒然と存在の価値を失す。〔…〕

「自分が抱いている問題意識を形にしたこれらの作品が、自分と同じような思いを抱きながら、その実体を捉えられなくて苦しんでいる人、実体を捉えられても、その意味を明確に理解できないことを口惜しく思っている人、その意味を明確に理解できても、それを表現する術《すべ》がなくて困っている人の慰めになれば本望」と漱石は言うのである。

ただし、筆者の「胸中に漂へる或物」の「体」をこれらの作品から読み取り、語られている真意を知るには、「文章の趣味」が不可欠であり、それがなければ、これらは「冷めたい太陽」のようなものである」とも言っている。さらに、「自分の書いたことがどのように読者に伝わり、読者の心をどのように動かそうと関知しない。それについてとやかく言う権利すら筆者にはない」と付記している。

漱石が言う「百年かけて斃す敵」と作品の生命である「文章の趣味」の関連については、百年を経た今日に到るも、未だ説得力のある議論も考察も見受けられない。

漱石の真意を探る

この頃の漱石について、十歳年少の小説家真山青果は、「底の底のどん底に非常の才智をかくして、機鋒を容易に顕さぬ才人」「腹にはシッカリした胆の大きい強い自信を持つていながら、そのつやを消して、済して白雲悠々の様子を見せて居る。心熱のある人」「表面から見て底の見えない人」「悪意味ではなく、方解石のやうに二重の屈折をする人[2]」と評している。方解石のように「二重に屈折」しているのは漱石の小説のことでもある。したがって、その「底の底のどん底」の漱石の真意を知るには、「文章の趣味」を理解することが求められる。

私は以前より、漱石が言うこの「文章の趣味」とは、江戸時代の黄表紙などの諷刺文学から引き継がれた戯作《げさく》の知識、および亡霊が生前の苦悩や無念を訴える能楽についての造詣を指していると考えている。そのように考えて、漱石の諸作品を読まない限り、漱石の標的である「百年かけて斃す敵」の姿が明確に浮かび上がってこないからである。

自分の真意が読み解かれて多くの人に受け入れられ、世の中が変わるには百年かかると漱石が考えたのは、漱石の危険で過激な主張をもって挑んでも、敵の勢力が余りにも強大であったからであろう。しかし、既に百年を経て時代が変わっている。今なら漱石が「底の底の非常の才智」によって隠さざるを得なかった真実を明らかにすることができるかもしれない。

能楽と戯作

英国に留学して西洋文学を研究してきた学者との印象が強いせいか、夏目漱石が書いた作品は近代文学として扱われることが多い。しかし漱石の教養の基礎と嗜好は、幕藩時代から受け継がれてきた江戸の伝統文化に培われたものであり、漱石本人も明治政府の文明開化政策による西洋追随の風潮を好ましく思っていなかった。

幼少期から儒学書などの古典を深く読み込んでいた漱石は、迷うことなく漢学塾の二松学舎に入学した。その後、英文学に転向したのは、翻訳官にさせようとした家長の兄の意向に従わざるを得なかったからである(3)。漱石は漢籍や儒学だけでなく、戯作を含めた古典文学や俳句に書画、歌舞伎、落語などの芸能にも親しんでいたが、とくに能への関心は高く、高浜虚子に紹介されたワキ方の宝生新氏に個人教授を受け、友人たちと謡《うたい》を楽しんでいたことは、『吾輩ハ猫デアル』で、「珍野苦沙弥」が「これは平《たいら》の宗盛にて候」と『熊野《ゆや》』を唸るところなどにも反映されている。(4)

『虞美人草』では宗近老人が謡曲の『二人静』に言及しているが、旅中で遭遇する出来事と人を「能の仕組みと能役者の所作に見立てる」という趣向の『草枕』においては『高砂』が引用されている。さらに、『行人』では小説の筋に同調する『景清』の謡の内容が丁寧に説明されている。

『坊っちゃん』を俳句雑誌『ホト、ギス』の付録として世に出した高浜虚子は、松山藩で演能に深く関わっていた家の出であり、俳句にも劣らないほど、能の研究と実演に熱心に入れ込んでいた人物である。(5) 後に新作能を六作書くことになるこの虚子であれば、編集者として関わった小説が能楽仕立てであることはもとより承知していたはずである。

漱石より年少ではあったが、漱石が小説を書き始める十年前に既に世に出ていた作家が泉鏡花である。母が大鼓《おおつづみ》方の能楽師の娘で、叔父の松本金太郎は宝生流を再興させた有力能楽師であった鏡花も能に親しむ家族環境にあった。そのため、身に付いていた能楽から主題や要素、様式、精神を借りた幾多の戯作的作品を書いた。(6) 能楽師の家と芸の話である『歌行灯』は、要所に能と狂言の言葉や場面が引用され、物語自体が能楽として進行する。『高野聖』は、山中の孤家の魔女をシテに見立てた夢幻能の様式の幻想小説であり、(7)『吾輩ハ猫デアル』でも「迷亭」の法螺話として茶化されている。

このように、漱石が小説を書き始めた当時、能楽の形式を借りて戯作小説を書くことは、特に新奇な手法というわけでもなかった。

「夢幻能」の様式

「夢幻能」とは、無惨に死んだ者の亡霊などが現れる超現実的な物語が演じられる能楽である。祝祭などで演じられる儀典の能、あるいは普通に時間が流れる現世の人間の話である現代能以外の劇的な能の演目のほとんどがこれに分類される。この世に妄執を抱く死者が能面を着けたシテとして登場し、その苦悩の聞き役となるワキの諸国一見の旅僧の供養によって心を癒され、敵を恕《ゆる》し、運命を受け容れて、一差《ひとさし》舞って冥界に戻って行くというのがこの夢幻能の典型的な筋立てである。シテに随伴する登場人物がツレであり、幕間《まくあい》狂言などの道化役はアイと呼ばれる。

時を超越して「シテの支配する霊的空間で進行する物語」(8)を観客に伝える役のワキは、霊界と現世、過去と現在の仲介者でもある。亡霊は最初卑賤な者に身を窶《やつ》した前ジテとして現れてワキを霊的世界に連れて行き、そこで後ジテとして本性を顕して過去の因縁を語り、その苦しみを訴えるのである。

『坊っちゃん』の物語はまさにこの夢幻能の様式に則《のっと》ったものである。下女の姿となって現れた歴史的人物であるシテがツレを伴って、その霊力で物語の現場にワキの「坊っちゃん」を連れて行って事件の真相を世に知らしめ、心の闇を解消させて冥界へ帰って行くというのがこの小説の隠された本筋であるからである。

「戯作」の手法

「戯作」とは、江戸時代中期から明治まで出版され、広く購読され続けた戯《ざ》れ言《ごと》の作品という体裁を装った小説や戯曲を指す。漱石の最初の小説『吾輩ハ猫デアル』はまさにこの戯作であると現在も評されているが、この小説は、ただ軽妙洒脱で滑稽であるだけでなく、あの手この手の工夫を凝らし、ことある毎に遠回しに、あるいは間接的に政治的社会的な批判が仄めかされているところに魅力がある。このように社会諷刺を密かに織り込むことが、戯作と呼ぶに値する最大の要件である。

表現の自由などなかった時代、時の権力者に楯突いて笑い飛ばすという際どい面白さを追求する作者と発行者には、発刊の差し止めや逮捕訴追などの危険が伴った。そのため、当局の検閲と弾圧を巧妙に擦り剥ける様々な技法が研究され、それは時代を超えて洗練され受け継がれていった。明治政府の不正を罵倒し「百年かけて敵を斃す」との気概で取り組んだ漱石の小説は、その過激性と手法などの論点で、寛政の改革を果敢に諷刺した「黄表紙」と呼ばれた戯作に近いと言える。

江戸時代の屈指の文化人であり狂歌作家で戯作者でもあった大田南畝は牛込に、黄表紙で命を落とした恋川《こいかわ》春町は小石川春日町に居住した武士であったから、牛込馬場下の夏目家はこの教養人たちの山の手文化圏にあった。「居は気を移す」の言にもあるように、漱石にとって江戸時代の戯作者とその作品は身近なものであったはずである。

また、明治に入ってからも戯作の伝統が継承されていたことは、貸本屋で江戸の戯作に親しんでいた坪内逍遥が書いた『当世書生気質』をはじめとする、多くの作品が読まれていたことでもわかる(9)。

『西洋道中膝栗毛』『安愚楽鍋』などで知られ、新聞記者としても戯作者としても漱石の大先輩にあたる仮名垣魯文《かながきろぶん》も、その筆名からもわかるように、駄洒落の滑稽話の裏に鋭い諷刺を潜ませた江戸の戯作の伝統を明治に持ち込んだ作家であった。魯文の作品に込められた諷刺には、漱石のように、歴史的な危機意識や、敢えて殊更に行う反骨の抵抗の決意が隠されていた訳ではないかもしれないが、漱石が魯文や逍遥らの作品から、戯作の精神と技法を受け継いでいることは否定できない。

『坊っちゃん』を戯作と能楽で読む

「戯作」と「能楽」によって『坊っちゃん』をどのように読み解くのか、具体的には本文中で折に触れて説明するが、少し予備的に触れておいたほうがよいかもしれない。

能楽で亡霊のシテの相手をして舞台を進行させるワキが「坊っちゃん」と呼ばれる語り手の役回りである。冥界から舞い戻って生前の無念と妄執を訴える亡霊が下女に身を窶《やつ》して前ジテとして舞台に現れるのが、「清」に姿を変えた悲劇の貴人である。シテは、「小供」の「坊っちゃん」に唯一人味方し、その出世を予言する。漱石はこのシテの長い手紙によって、この小説をどう読むべきかを教えてくれている。

「清」の手紙は、〈大抵平仮名だから、どこで切れて、どこで始まるのだか句読をつけるのに余っ程骨が折れる〉（82左10）という代物である。これは、手書き、あるいは木版刷りの能楽の謡本《うたいぼん》や黄表紙のように、句読点のためのスペースがない漱石の原稿の書き方の意図を明かすものでもあろう。つまり、漱石の直筆原稿自体が、「清」の手紙のようにだらだらと書かれて

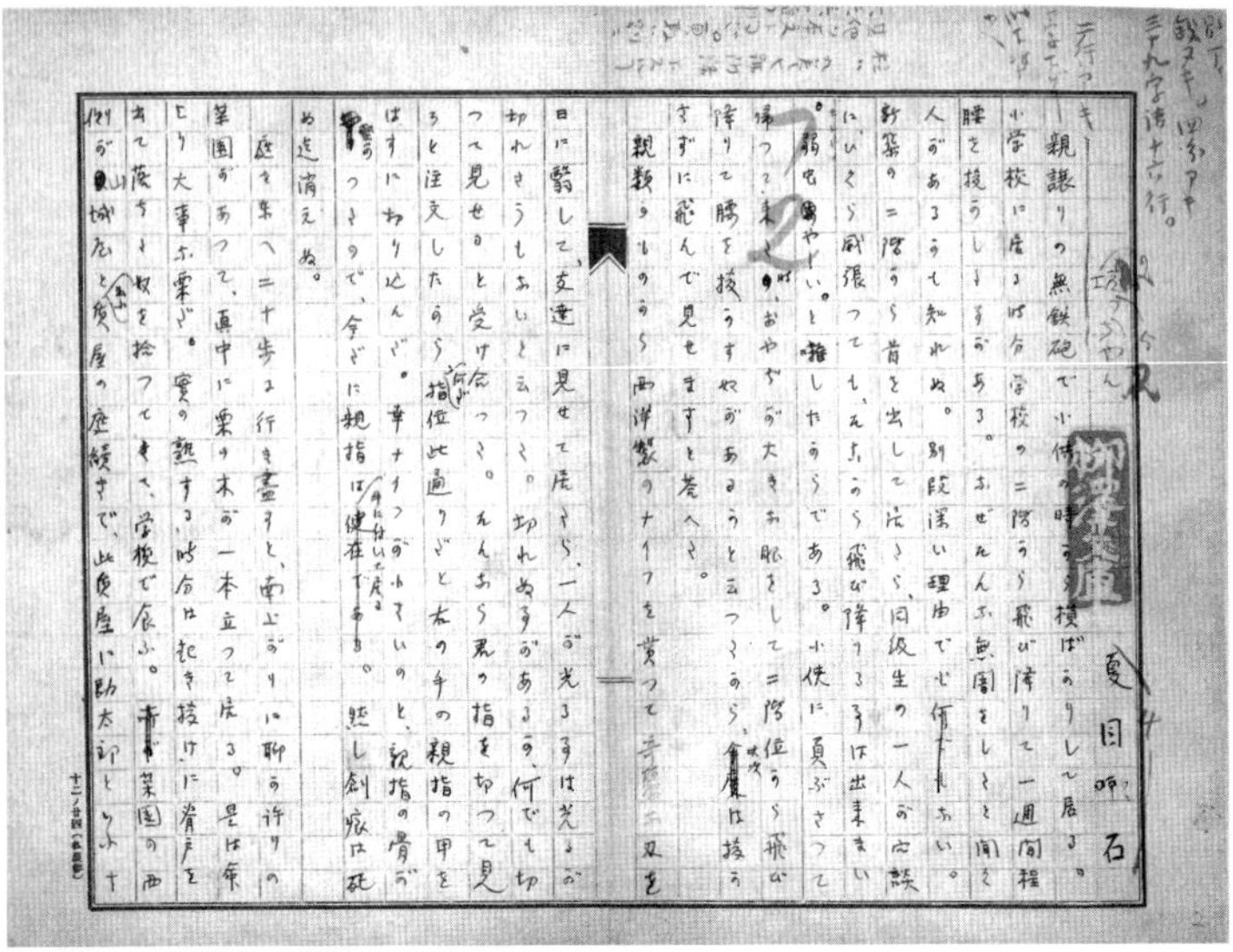

『坊っちゃん』の直筆原稿

いる「平仮名」に漢字を当て、骨を折って無理に体裁を繕って書かれたものであるということである。これは、「坊っちゃん」が語る言葉に当てられて原稿に書き込まれた漢字が正しいとは限らないということを意味する。

「地口」や「謎掛け」

例えば、冒頭の「ことものときからそんはかりしてゐる」には、〈小供の時から損ばかりして居る〉（1右2）という漢字が当てられているが、ここは「小供の時から尊諮《そんばかり》して居る」と読んだ方が意味が通じる。「小供」は「大人《おとな》」に対する御所の「小供」の意味であり、「子供」の誤りではない（詳しくは第一章を参照）。

戯作で表の文面の裏に隠された真意を読者に伝える頓知を廻らせた手法には多種多様なものがあるが、最も一般的なものが「仮名書《かなが》き」にすれば同じ、あるいは音が似ている言葉を「当て字」などで擦り替える地口《ぢぐち》の洒落である。

「虎渓三笑《こけいさんしょう》」の音を借りた、山東京伝の『古契三娼《こけいさんしょう》』などはこの例であり、仮名垣魯文も福沢諭吉の啓蒙書『究理図解《きゅうりずかい》』『世界国尽《せかいくにづ》くし』を『胡瓜遣《きゅうりづかい》』『苦界《くがい》ふみ尽《づ》くし』「契応妓熟《けいおうぎじゅく》、福棹魯吉《さおろきち》」と捩《もじ》って、当時の西欧文物崇拝一辺倒を茶化している。「大抵平仮名だから」とは、この小説が黄表紙本などのように、仮名書きとして音で読んだ地口で書かれていることを示唆するものである。

したがって、「損《そん》ばかり」は「尊諂《そんばかり》」、「幇間《ほうかん》」は「砲艦《ほうかん》」であり、「密柑《みかん》」は「密翰《みっかん》」、「街《まち》鐵《てつ》」は「満鉄《みちてつ》」と地口で読まなければならない。そうしないと話の筋が通らず、作者の意図が伝わって来ない。奇妙で不用意に見える漱石の当て字や造語は、すべてこの目的のために意図的に計画されたものであるからである。

他にも、「くノ一《くのいち》」が「女」、「田中十内《たなかじゅうない》」が「口」を意味する謎掛けであるのは、よく知られているが、このような謎々の「ほのめかし」も、戯作での仕掛けのひとつである。

「坊っちゃん」を守護するのは「山嵐」と呼ばれる数学教師の「堀田」であるが、「堀田」の字は「士戸出田」の部分から成る。「士の尸、田に出《いづ》る」、つまり「武士《さむらい》の屍体が野晒し」の意味である。これは正義感の強い頑固な「会津っぽ」の「山嵐」が、会津戦争で戦死した家臣たちの埋葬を長州軍に禁じられた悲運の「会津っ保《ぽ》」、つまり「会津藩主松平容保《かたもり》」の亡霊であることを伝えている。幕末の禁門の変で孝明天皇の「坊っちゃん」である睦仁親王を長州軍の攻撃から守ったのが、京都守護職にあった容保である。

また、「坊っちゃん」が同情を寄せる「唐茄子《とうなす》のうらなり」「唐変木《とうへんぼく》」と呼ばれる「古賀君」は「乃木大将」らしき人物である。「とうなすのうらなり」、つまり「刀成《とうな》すノ」、「刀」という字の「ノ」の裏にあたる部分が「り」と書かれるのは「乃」の字であり、「とうへんぼく」も「刀《とう》が変《へん》じた木《き》」で「乃木」となる。

このように、一見間違っているかのような表記や奇妙な語句は誤字ではなく、そのすべてに特別な意味と必然があるのであれば、敢えてそのように書いた漱石の真意を知るためには、自筆原稿や初期の出版物を確認することが不可欠である。後世の編集者の無理解と思い込みで勝手に書き直された本や、現代仮名にされた出版物を読む限り、裏にある能楽仕立ての本筋に気付き、黄表紙的な諷刺を解きほぐす糸口は見つからず、したがって漱石の意図を読み取ることはできない。

また、漱石自身、あるいは編集者によって自筆原稿に加えられた修正や訂正、変更など、印刷に到る前の慎重な執筆編集過程を知ることも興味深い。それによって、漱石の体制批判の諷刺がいかに過激で危険なものであったかを理解できるからである。

諷刺文学『坊っちゃん』

小説『坊っちゃん』は、海辺の「野蛮」な田舎に赴任した世間知らずで直情的な若い教師が、世故に長けた狡猾で卑怯な権力者の教頭とその追随者を鉄拳制裁で懲らしめる痛快な物語である。しかし、この荒っぽい劇の展開には無理と矛盾が多く、前述のように特異な当て字や表記だけでなく、無くてもいいような余計な記述も少なくない。また、奇妙な表現にも事欠かない。物語に不自然な展開と表記の綻《ほころ》びがあるのは、新任教師が悪人に鉄槌を下す無鉄砲な表向きの話が、その裏、「底の底」で作者が語っている真意を覆い隠すために無理に辻褄を合わせて作り上げられた方便であるからである。

「ベランメー」の教師が引き起こすこの「表向き」の騒動の裏に隠されているのが、「内裏」で育った「天皇《エンペラー》」と明治政府との因縁と軋轢をめぐる舞台劇であることに気がつき、裏で語られるこの本筋を読み取ることができるなら、奇妙な言い回しや、誤っているように見える表記が、意図されたものであり、まさに必然性をも伴って首尾一貫していることに得心がいくであろう。

後年の大作『三四郎』も能楽仕立ての作品であるが、作中で学生たちが「ダーターファブラ」と囃し立てて笑う。この言葉は古代ローマの詩人ホラティウスが『風刺詩』で冒頭に語る「爾《なんじ》の話」である。「何を笑っているのか。名前を変えれば、爾の話が語られている（Quid rides? Mutato nomine **de te Fabula** narratur［Sat.1.1.69］）」、つまり、「笑っている場合ではない。それはお前のことだ」である。これも漱石の小説が、同時代の人物たちを諷刺する戯作文学であることを伝えるものである。

ただ、作者の漱石本人がこのようなことを明言しているわけではないので、「文章の趣味」についてのこのような私の解釈は一種の仮説である。したがって、この仮説に基づいて試みる漱石の謎掛けへの挑戦は、謎解きの冒険を気取った物好きの趣味道楽に過ぎないかもしれない。しかし、仮にそうであったとしても、著者の漱石が「どのように読者の心に映って、読者がどのように心を動かしても構わない」と言っているのであるから、このような読み方を何人も否定し非難することはできまい。

問題は、このような読み方によって、この作品の全編を細部に至るまで矛盾なく読み切ることができるかどうか、そしてそれが「胸中に漂へる或物」についての納得のいく理解につながるかどうかである。

「胸中に漂へる或物」「百年かけて斃す敵」を考える上で、夏目漱石の実家が徳川幕府の支配体制を担う江戸の裕福な庄屋であった事実も忘れるべきではない。漱石は、薩摩長州の卒族を中心とした東征軍が明治天皇を担ぎ出し、官軍を称して行った政権奪取を快く思っておらず、武士の儒教的な志操、及び粋《いき》の町人文化を身に着けていた江戸っ子としては、成り上がりの田舎者の元勲たちによる明治政府の浅薄な欧化政策を嫌悪していたことも確かである。そして、帝国主義西欧列強に追随する日本の海外進出と軍国主義化に強い危惧を抱いていたことも見逃せない。

明治維新から日露戦争へ

一八六七年一月三十日（慶応二年十二月二十五日）、孝明天皇が崩御した。強硬な攘夷論者であった天皇の突然の死は、文久の政変で失脚した倒幕派の公家と禁門の変で京から追われた長州藩の過激派にとっては、余りにも都合のよい時期に起きた変事であり、朝廷に開国を迫り、倒幕の工作を押し進めていた英国には願ってもない政治状況が突如現出した。攘夷をめぐる諸勢力の激しい対立の中での天皇の突然の発病、そして急速に死に至らしめたその異様な病状は、何者かによる毒殺を疑わせた。

天皇崩御の十四日後、一八六七年二月十三日（慶応三年一月九日）に十四歳の親王が践祚《せんそ》して天皇の位に登った。この「小供」が孝明天皇の唯一の皇子で、明治天皇と諡号される睦仁《むつひと》である。

睦仁へ皇位が引き継がれたこの日を境に、薩長勢力による江戸への進攻、新政府樹立、東京遷都へと、維新の大変革は騎虎の勢いで急展開することになる。この大転換期において、少年天皇睦仁は、大政奉還以降、王制復古の大号令、小御所会議、徳川慶喜追討などを決める歴史的な御前会議に臨んだ。そして、維新後も五箇条の御誓文発布、廃藩置県、憲法発布などの重要な政策のすべてが、睦仁臨席の下、天皇の承認を得るという形式で決定された。

そして、維新から三十七年後、睦仁は国家の存亡を賭けた対露開戦についての御前会議で、開戦の詔勅を出すという苦渋の決断を迫られた。大国ロシアとの大戦争に突入した睦仁の国は、同盟国の英国に「火中の栗」を拾わされる恰好になったのである。この状況は当時の漫画で諷刺されている。ここに描かれている軍服姿の「坊っちゃん」が未成熟な小供の国家の日本であり、その姿は小国を統治する天皇を思わせる。常々質素を心掛けた天皇は、季節場所柄を問わず、旧式で継ぎの当たっている陸軍の軍服を着用していたからである。

日露戦争と「坊っちゃん」

漱石の「文章の趣味」の手法の一端に馴れておくという意味でも、小手調べとして先ずはわかりやすい諷刺の解読を試みることにしよう。というのも、以下に述べるような当時の時代背景を知っていれば、能楽のことを意識しなくても、語り手の「坊っちゃん」が誰であるかが、文章を読むだけで解るようになっているからだ。

『坊っちゃん』が書かれたのは一九〇六年春のことである。日露戦争が終わり、その祝勝式が準備され、ロシアと東清鉄道南満州支線の譲渡交渉が行われていた時期であった。戦争で多大な犠牲を強いられたにも関わらず、賠償金は取れず、戦後の不況と物価高騰、それに増大した軍事費を維持するための増税により国民の不満が高まり、東京区部には戒厳令が出されていた。さらに治安警察組織が強化され、自由な言論は押さえ込まれようとしていた社会状況に対する危機感が、漱石にこの小説

「火中の栗」を拾いに行かされる日本

を書かせたのであろう。

　当時、日露戦争の経過については日本国民の誰もが固唾をのんで見守っていたのであるが、中でも論議を呼んだのが、膨大な戦死者を出した「旅順口の攻防戦」である。

　一九〇四年の秋、緒戦で日本海軍に破れたロシアの太平洋艦隊は、要塞化された軍港・旅順口に逃げ込み、遠くヨーロッパから援軍のバルチック艦隊の到来を待っていた。日本艦隊はこの旅順の軍艦を外海に出さないよう湾口で見張って待機していた。この状態では一応優勢な日本海軍であったが、バルチック艦隊が回航されて来れば、戦力比が逆転するだけでなく、背腹に敵を迎えることになって圧倒的に不利になってしまう。この海域の制海権が維持できなくなれば、満州に展開している陸軍への補給が断たれて、万事休すとなる。湾口に廃船を沈めて航行を遮断するための決死の「閉塞作戦」も試みられたが、強力な要塞砲の威力の前には断念せざるを得なかった。したがって、バルチック艦隊が来る前に、旅順湾の艦隊を無力化するには、要塞を陸から攻めるしかなくなっていた。ここを包囲していた乃木希典を司令官に戴く満州派遣第三軍にとって、急いで旅順口を陥落させることが至上命令となった。この攻略の成否に日本の命運がかかっていたのである。

　日本軍は、港を取り囲む山々に築いた堡塁を連繋させた近代的な要塞の各所の正面に、果敢な突撃を繰り返したが、攻撃のたびに甚大な被害を出すものの、旅順の口は開かなかった。絶体絶命に追いつめられた第三軍は、最重要拠点の松樹山の砲台に夜襲の白襷隊を繰り出すに到った。この特攻決死隊の出陣に際して、乃木将軍は、以下のように悲壮に訓示し、整列する将兵の間を巡り、涙を流しながら主立った者たちの手を握って「死んでくれ」「死んでくれ」と言ったという。

今や陸には敵軍の大増加あり、海にはバルチック艦隊の回航遠きにあらず。国家の安危は我が攻囲軍の成否によりて決されんとす。この時に当たり特別予備隊の壮挙を敢行す。余はまさに死地に就かんとする当隊に対し、嘱望の切実なるものあるを禁ぜず。諸子が一死君国に殉ずべきは実に今日に存り。乞い願はくは努力せよ。

この話は新聞や情報誌などによって、国民の間で人口に膾炙していたが、実際には出撃の四時間程前の夕刻、乃木将軍は準備されたこの文書を朗読し、その様子は「陣中、惨トシテ水ヲウチタルゴトシ」と報告されている。

しかし、ロシア軍の機関銃と探照灯の前に、この決死隊もあっという間に壊滅した。その後も犠牲者は増える一方で、要塞の攻略の目処は立たなかった。そこで、満州派遣軍総参謀長の児玉源太郎が自ら赴いて作戦を立て直し、巨砲で湾内の艦船を直接砲撃する戦術に転換した。

そして、着弾観測によって砲撃を電信で誘導できる見晴し台の奪取に兵力を集中することになった。この観測点に選ばれたのが、「二百三高地」と呼ばれた標高二〇三メートルの「後石山（猴石山）」である。そして、この高地の争奪で、旅順で最も烈しい戦いが繰り広げられ、山腹は死体で覆われたのである。これらももちろん新聞や画報などで大々的に報道され、国民で知らない者はなかった。

天麩羅四杯の戦果

「東京」という看板の蕎麦屋を見つけた「坊っちゃん」は、そこで「天麩羅」を次々に平げる。するとその翌日、生徒たちは「天麩羅四杯也」と黒板に書いて囃し立てる。この大騒ぎに、「坊っちゃん」は〈一時間あるくと見物する町もない様な狭い都に住んで、他に何も芸がないから、天麩羅事件を日露戦争のように触れちらかすんだろう。憐れな奴等だ〉（30右6）と慨嘆する。

「芸のない憐れな奴ら」とは、日露戦争で戦果を殊更に触れ散らかして、やっとの思いで締結に漕ぎ着けた講和にも満足しないで、民衆を煽った報道関係者や、国際政治の現実も知らず、天皇の心痛も理解しない強国幻想に酔う島国根性の軍人や政治家たちのことであろう。

〈小供の時から、こんなに教育されるから、いやにひねつこびた、植木鉢の楓見た様な小人が出来るんだ。無邪気なら一所に笑ってもい、が、こりやなんだ。小供の癖に乙に毒気を持ってる〉(30右9)の「小供」とは、未成熟で不備不正だらけの明治政府のことでもあり、「乙に」は「甲乙」の「乙」で、「二流」の意味であろう。また、「植木鉢で赤く色づく楓のようなひねこびた小人」とは、「植木屋」と呼ばれていた公安組織の頭であった人物のことであろう。「天麩羅四杯」の報道が日露戦争に関わる話題であるなら、「触れ散らかされて」国民が騒いだ事件が何であるかはすぐ思い当たろう。

ペリーの黒船四隻が浦賀に現れたときの狂歌「太平の眠りを覚ます蒸気船、たった四杯で夜も寝られず」(伝大田南畝作)の「四杯」が、お茶の「正喜撰《しょうきせん》」と「蒸気船《じょうきせん》」を掛けた洒落になるのは、「坏」が船を数える単位でもあるからである。「天麩羅四杯」とは鋼鉄の「衣《ころも》」を纏った「装甲軍艦四坏」のことである。漱石は「天麩羅」とは書いても、「天麩羅蕎麦」とは言っていない。旅順の「天麩羅」と言うなら、それは日本軍が「二百三高地」からの誘導による砲撃で退治したロシア艦隊であり、「天麩羅を四杯平らげた」とは、「ロシア戦艦四隻を撃沈した」である。だから、あくまで「平らげた」のであり、「食べた」のではない。黒板に「天麩羅四杯」と書いて囃した生徒たちとは、この戦果を国民に触れ囃した軍部と新聞のことであろう。

蕎麦屋にある〈只例々と蕎麦の名前をかいて張り付けたねだん付け丈は全く新しい〉（29右9）、〈ねだん付の第一号に天麩羅とある〉（29右11）の「ねだんつけ」は砲撃目標の「狙《ねら》いつけ」の一覧である。それが「全く新しい」のは、山上堡塁の制圧から、観測点としての二百三高地の確保することに作戦が変更されて、砲撃目標が要塞から港湾内の艦船に移ったからである。

新しい「ねだんつけ」は「麗々」ではなく、「例々」と書かれている。「狙《ねら》い付《つけ》」たのはロシア艦隊であり、砲撃目標は例えば「戦艦―五坏」「巡洋艦―二坏」「駆逐艦―五坏」「砲艦―二坏」「水雷砲艦―二坏」「水雷敷設艦―一坏」ということであろう。

そして、〈おい天麩羅を持つてこいと大きな声を出した〉（29右12）「坊っちゃん」が、「天麩羅」を「平らげる」べく「注文」、つまり「命令」したのである。「注文」も「命令」も英語では「オーダー order」である。

この作戦は成功し、「天麩羅」の戦艦を一杯ずつ平らげ、「四杯まで沈めた」のである。しかし、五坏目のフォン・エッセン艦長が預かる戦艦セヴァストポリだけは、陸上砲の標的としてむざむざ湾内で沈められることを潔《いさぎよ》しとせず、東郷提督の日本艦隊が待ち構える湾外に出て海上で堂々と撃沈された。

この「四杯」の戦果に、生徒が〈然し四杯は過ぎるぞな、もし〉（29左10）と難癖をつける。この言葉の真意は「四杯だけですか。最後の一杯は取り逃がして海軍にやられましたね」とい

平らげられたロシアの艦隊

う冷やかしである。これに対する、「坊っちゃん」の〈四杯食はうが五杯食はうがおれの銭でおれが食ふのに文句があるもんか〉(29左11)は、「陸軍だろうが海軍だろうが、おれの銭で五杯沈めたのだ、何か文句があるか」である。つまり、「坊っちゃん」は、縄張、手柄、予算をめぐって張り合っての勢力争いで仲の悪い陸軍と海軍に対して「おれの銭だ」と苦言が言える人物ということである。

東京の二八蕎麦

「天麩羅」を平らげた「大町《おおまち》」の「蕎麦屋」とは、大いに到着が待たれた、「大待《おおま》ち」の「二十八珊《サンチ》榴弾砲」のことである。落語の『時《とき》蕎麦』などで江戸の蕎麦として知られているのは小麦粉と蕎麦粉の比率が「二対八」の「二八《にはち》蕎麦」である。したがって、

「蕎麦」とは「二十八サンチ砲」のことである。「二十八サンチ砲」は、東京湾の砲台に設置されていた「東京の傍《そば》を撃つ」、つまり「東京で打った蕎麦」を解体して運び、苦心惨憺の末、旅順口に設置したものである。

〈薬味をかぐと、どうしても暖簾をくゞりたくなる〉（28左12）の「薬味」は「加薬《かやく》」であり、「暖簾《のれん》」は「暖簾《だんすだれ》」で「暖幕《だんまく》」であるから、「火薬の臭いをかぐと弾幕《だんまく》をくぐりたくなる」のである。この「蕎麦屋」は実戦で盛んに砲弾を撃っているから、〈滅法きたない〉（29右6）のであり、〈畳は色が変わつて御負けに砂でざら〳〵して居る〉（29右7）の「ざらざらした畳」とは、方角を変えるための歯車がついた砲床のことであり、〈煤で真黒い〉（29右7）のは、黒色火薬を使っているため煤がひどい砲身の内部のことであろう。

〈何でも古いうちを買って二三日前から開業したに違いなかろう〉（29右10）というこの巨砲は、「二百三高地」の占領を機に、それまでの「古い撃《う》ち」方を「変えて」、「二三日」つまり「二百三高地」の前面から、彼方の湾内の艦隊に目標を変更して仰角を改めた、つまり「改仰《かいぎょう》」したのである。

また、この「蕎麦屋」の隣にある「郵便局」とは、「二百三高地」の山頂の観測所と連絡するために二十八サンチ砲に付せられた電信設備である。〈隅の方に三人かたまつて、何かつる〳〵、ちゆ〳〵食っていた連中〉（29左1）が、着弾観測の情報を「ツーツー、トントン」の信

二十八サンチ榴弾砲

号で受信している通信兵である。

　また、「坊っちゃん」が「三つ浜」から乗った「マッチ箱」のような「小さい汽車」もやはり「小さい大砲」であり、「三つ浜」の「停車場」とは「第三軍」の砲兵陣地の「発射場」のことであろう。「マッチ箱」とは煤の出ない無煙火薬を使用して、砲身内の煤を取らなくても射てるように設計された速射山砲である。〈乗り込んで見るとマッチ箱の様な汽車だ。ごろ〳〵と五分許り動いたと思つたら、もう降りなければならない。道理で切符が安いと思つた〉（14右11）のであるから、この「マッチ」のようにすぐ発火する砲弾は、「五分許り」で発射出来るが、「もう降りなければならない」くらいに射程が短かく、さほど威力はないのである。この「安い」、つまり撃ち「易い」この大砲とは、車輪付きの三一式速射砲のことであろう。これは有坂砲と呼ばれ、砲弾を発射する度に発射の反動衝撃を吸収するため「ごろごろ」と後退した。

明治の御世《みよ》の『坊っちゃん』

権力簒奪者の悪逆非道を暴き、時の支配者の悪政に抵抗するには、戯作による諷刺の手法を用いるのが有効だとしても、日本の行く末について真剣に警鐘を鳴らすには、その時代そのものについて批判的に語る仕掛けが必要となる。それで、漱石はこの明治の御世《みよ》の「坊っちゃん」をワキに据え、実在の人物と冥界から呼び寄せた歴史的な人物を絡ませて語らせることができる夢幻能の様式を借りることを思いついたのであろう。

そして、このような発想で創作された壮大な劇作がこの能楽仕立ての『坊っちゃん』であり、その大筋は以下のようなものである。

幕末の政治的混乱の中、父の天皇が急死し、その遺志によって即位した「坊っちゃん」は、京から遷都した東京に移り住むことになった。父の墓前に別れを告げに行くと、先帝は下女の姿を借りた亡霊となって現れ、自分が毒殺されたことを息子に告げる。

その後、明治日本の元首として文明開化による国の近代化に邁進する歳月を経た後、「坊っちゃん」はロシアとの開戦を決意し、自ら清国《しんこく》の半島の先にある旅順口の戦場に赴く。そして要塞の正面に突撃した白襷隊の全滅などの凄惨な戦いなどをつぶさに目撃する。

この戦場で「坊っちゃん」が出遭ったのが、兵士たちを犠牲にして巨利を得ている悪鬼たちである。それが血まみれの軍服を嗜好する参謀総長の「赤シャツ」と、「坊っちゃん」に武器を売り込んで火中の栗を拾わせた国、軍艦の大砲などの武力で脅し、相手国に不利な条約等を押し付けて支配する手法である「砲艦外交《ほうかん》」に長けた英国の「野だいこ」である。「太鼓持ち」は、「幇間」と呼ばれるから、「砲艦」と「幇間」をかけた洒落である。実はこの二人こそ、幕末の混乱に乗じて先の天皇暗殺を謀った黒幕であり、「坊っちゃん」にとっては「父の仇《かたき》」である。そこに、この悪鬼たちを不倶戴天の敵とする「山嵐」が「坊っちゃん」を守るために現れる。「山嵐」は先帝に京都守護職として仕えていたが、領国を「赤シャツ」に無法に蹂躙されて家臣を殺された上、朝敵の汚名を着せられた会津藩主の亡霊である。

また、旅順の戦場には古風で不器用な「うらなり」がいる。「うらなり」は多くの将兵を要塞に突入させて戦死させた司令官であるが、自分の二人の息子も戦死させてしまったこの大将に「坊っちゃん」は同情を禁じ得ない。

旅順の戦いで無惨に死んだ兵士たちは「幽魂」となって戦場に迷い出る。この迷える亡霊は最初自分たちを戦死させた司令官「うらなり」を祟《たた》ろうとするが、怨霊の先達の「山嵐」に諭されて、無謀な戦いを命じた参謀総長の「赤シャツ」に矛先を変えて取り憑く。「うらなり」

と「幽魂」が、実は親子であることも悲劇である。

戦争が終わり戦勝祝賀式典が催されると、生き残って凱旋した兵士より遥かに多い戦死者たちの「幽魂」も大挙して招魂社に押しかけ、戦争の責任を糾弾する「高地の群舞」を披露する。

そして、「山嵐」が陰謀によって解任されたのを機に、「坊っちやん」と「山嵐」は宿敵の二人を襲って仇討ちを果たす。

そして、先帝の霊は心を鎮め冥界に帰って行くのである。

第一章　ワキの「坊っちゃん」

親譲りの無鉄砲《むてっぽう》

〈親譲りの無鉄砲で小供の時から損ばかりして居る〉（1右2）という簡潔ではあるが唐突な語り出しで『坊っちゃん』は始まる。この台詞は能舞台に登場したワキ役の「是《これ》は親譲りの無鉄砲で小供の時から損ばかりして居る者にて候《そうろう》」という自己紹介の名宣《なのり》にあたる。

この最初の言葉「親譲りの無鉄砲」の「親譲り」の語は、気質や性格にかかわる遺伝的な素地を親から受け継いでいることを言っているように聞こえるが、少し後で、〈おやぢは何にもせぬ男で〉（3左11）とあるから、「おやぢ」は必ずしも「無鉄砲」な行動家であったわけではなさそうである。

どうも、「親譲り」の「親」と「おやぢ」は別人のようである。また、「小供の時から損ばかり」と言っている割には、兄の居ないのを見計らって、下女の「清」から様々なものを貰って依怙贔屓されているので、「損ばかり」していたわけでもない。

この小説は能楽仕立ての戯作であると考えられるから、その原文は能の台本としての謡《うたい》本、あるいは戯作本でもあり、「無鉄砲」「損」の表記は、仮名で書かれた原文を誤解、あるいは故意に誤って当てられた漢字であると解釈できる。

したがって、この冒頭の名宣は「親譲りの欠腋袍《むてっぽう》で小供の時から尊諮《そんばかり》して居る」と読むべきである。

「欠腋袍」とは「闕腋袍《けってきのほう》」、すなわち脇が縫われていない狩衣《かりぎぬ》である小直衣《のうし》のことであり[10]、「尊諮」とは、臣下あるいは政府が重要な政策について天皇に諮《はか》る御前会議の「尊諮《みことはかり》」のことである。

つまり、ワキの「坊っちゃん」は、「是は親から受け継いだ装束で、小供の時から尊諮をしている者にて候」と口上を述べ、自分が誰であるかを最初に明かしたのである。「損ばかりしている者」では、人物の特定にならないので、名宣が成立しない。

小供の時から尊諮《そんばかり》

「小供の時から尊諮」していた天皇を特定するならば、それは明治の大帝睦仁《むつひと》にほかならない。明治天皇の曾祖父の光格天皇は八歳、父の孝明天皇は十四歳で即位したが、小供の頃から「尊諮」をした実績はない。また、「尊諮して居る」の現在形であるから、この人物は現役の天皇ということになる。

睦仁は、一八六七年に満十四歳の若さで急遽践祚《せんそ》され、その年の十二月九日夜の「小御所会議」以来、明治政府の重要政治案件のすべてを尊諮してきた天皇である。このような天皇は、歴史上、伝説を見渡しても、睦仁の他には存在しない[11]。

言うまでもなく、「親譲りの欠腋袍で」とは、単に天皇の装束を譲られたということではなく、「父から継承した皇位にあって」の意味である。

小直衣姿の明治天皇

「子供」ではなく「小供」であるのは、大人《おとな》に対する子供は「小供」、親の「こども」の場合は「子供」という使い分けだけでなく、宮中では成人に達する前の男子は「小供」であるからであろう。

「坊っちゃん」の役回りが「腋《わき》の欠け

た」小直衣を譲られたワキ役であるという洒落であるとしても、〈こんなにえらい人をつらまえて、まだ坊っちやんと呼ぶのは愈馬鹿気ている〉（12左1）とあるように、「えらい人」である天皇を脇に追い、ワキを演じさせることは能楽では考えにくい。しかし、「坊っちやん」よりもっと偉い人がシテとして現れるなら話は別である。

旅下《たびお》りたとき輿《こし》を抜かした

名宣に続いて語られるのは、「欠腋袍」を譲られてからの武勇伝の数々である。まず〈小学校に居る時分学校の二階から飛び降りて一週間程腰を抜かしたことがある〉（1右3）であるが、ここの「二階」とは「天井上《てんじょう》」、つまり御所の「殿上《てんじょう》」のことである。そこから「飛《と》び降《お》りる」は「旅下《たびお》りる」の地口である。つまり「御所を出て、旅で東《あずま》へ下《くだ》り」、その際に「輿《こし》を使わないで済ませた」のである。

大政奉還後、江戸に下った明治元年十月の行幸の折、睦仁は得意の乗馬を衆人に披露した。しかし、これがしきたりと慣習に固執する御所のお歴々の気に障り、「大目玉」を喰らった。〈おやぢが大きな眼をして二階位から飛び降りて腰を抜かす奴があるかと云った〉（1右8）のである。つまり、「目付役」が「殿上で位の高い」「坊っちやん」が行幸する時は、鳳輦《ほうれん》、あるいは略式の葱華輦《そうかれん》の「輿に乗らなければなりません」と苦言を呈したのである。「此次は輿を抜かさずに」と答えたものの、〈妙なおやぢが有つたもんだ〉（4左1）と「坊っちゃん」が言うのも無理はない。「何もせぬ男」の「妙なおやぢ」とは、「御所のおやじたち」のことである。つまり父親ではなく、他人の中年「オヤジ」のことを指している。「坊っちゃん」の本当の親父はこの「おやぢ」とは別格であり、この後に思いがけない姿で舞台に登場する。

ここで言う「小学校」は、〈新築の二階から首を出していたら〉（1右6）とあるので、新政府のことである。

命より大事な栗

「坊っちゃん」の〈命よりも大事な栗〉（1左9）を盗みに来るのは「裏」の「質屋」、山城屋の悴《せがれ》の「勘太郎」であるが、それを懲らしめたこの逸話は、一八七二年の山城屋事件のことを言う。この泥棒の捕り物劇は、長州出身の武器商人が生糸の投機に失敗して公金を使い込んだ事件への当て擦りである。山城屋が奇兵隊時代からの「おともだち」として「おもてなし」をしていた長州閥の頭《かしら》の山県有朋に見放され、面会を拒絶された陸軍省内で証拠書類を処分して割腹自殺した不祥事を揶揄するものである。陸軍と癒着し、国民の血税を盗んだのは「山城屋和助」こと野村三千三である。「勘太郎」は「和助《わすけ》」「輪助《わすけ》」で「環太郎《かんたろう》」なのであろう。『坊っちゃん』の二年後に書かれた『三四郎』の「山で賭博《ばくち》を打って九十八円取られた大工の角三」も、この「和助」である。「山」は山県が牛耳《ぎゅうじ》る陸軍のことである。

また、「勘太郎」が「質屋の悴」であるのは、「質」「悴」の漢字を分解してみるとわかる。それが「せがれ」に「倅」の字を用いないで「悴」を選んでいる理由でもあるが、「質」を分解すると「竹貝」、「悴」を分解すると「小卒」に近い形となるので、「質屋の悴」は「竹買屋の小卒」と読むことができる。これは「鉄砲買いの小者」「鉄砲商いの足軽」の意であろう。和助は英国の武器商人トマス・グラバーの手先となって鉄砲を軍に納入していたからである。

この小説では、学校の「小使」や教師の「野だいこ」に「箒《ほうき》」を鉄砲のように担がせている。「竹箒」が「鉄砲」ということである。また、和助は農民や無頼の徒、武家の従卒を集めた奇兵隊の創設者高杉晋作自身が「雑卒」と呼んだ鉄砲隊の「小卒」であり、〈足搦《あしがら》をかけて向へ斃してやった〉（2右11）の「足搦《あしがら》」は「足軽《あしがる》」と読める。

この事件で山県は、「一品の抵当もなしに」公金を貸したと種田政明ら薩摩士族に鋭く追及され、絶体絶命の窮地に追い込まれた。「一品」とは毛利家の旗印「一∴」の意匠を文字にしたものであり、陸軍内の長州閥結社は「一品会」であったから、種田はこれで当て擦ったのである。漱石はこの「抵当」を「質」で受けたのでもあろう。

西郷隆盛が藩政改革を断行するに当たり、次の歌を座右の銘にしていたことはよく知られていた。

虫よ虫よ　五ふしの草の　根を絶つな　断たばおのれも　ともに枯れなん

「五ふしの草」は稲のことであるから、「虫」とは年貢米、つまり税を不正に食い物にする汚職役人とそれに寄生する政商たちのことである。〈勘太郎は無論弱虫である〉（2右1）とあるのは、こうした道徳感に基づくものである。

いずれにしても、山城屋は、「坊っちゃん」の国の歳入の一パーセントを盗んで使い込んだのである。「大事な栗」は火中に拾わされるものでもあるが、ここでは政府が国民から搾り取った「命より大切な」税金が食われてしまったのである。

「勘太郎」の「鉢の開いた頭」が「坊っちゃん」の「片袖」にはまり込んで右往左往するこの立ち回りは、大袈裟に「押したり引いたり」「右や左に揺さぶって」滑稽に演じるなら、能楽の幕間狂言にはお誂え向きであろう。「鉢の開いた頭」という言い方は、〈植木鉢の楓見た様な小人が出来るんだ〉（30右9）にも呼応し、その庭園造作の道楽のため「植木屋」と呼ばれていた長州閥の「頭《かしら》」の山県のことを当て擦るものである。「山城屋」の「頭《かしら》」の「植木屋」が「袖の下」にはまって、じたばた右往左往したのである。この「お頭《かしら》」は、中学校では「教頭」として登場する。

「古川」の井戸を埋めた

「坊っちゃん」が「いたづら」として語る〈古川の持って居る田圃の井戸を埋めて尻を持ち込まれたこともある〉（2左9）とは、明治維新に関わる大変革のことである。〈水が湧き出て、そこいらの稲に水がかかる仕掛け〉（2左11）になっている、〈太い孟宗の節を抜いて深く埋めた〉（2左10）「井戸」に〈石や棒ちぎれをぎうぎう押し込んで〉（2左12）水が出ないようにしたら、「古川」が真っ赤な顔をして怒鳴り込んできたというのである。

苗には水が必要であるが、「稲」に水を掛けることはないから、ここの「孟宗」とは竹ではなく、「孟子」「荘子」の「孟荘」の意であり、その「井戸」とは、収米の「石高」を権力の源泉とした「幕藩支配体制」を維持した儒学道徳のことを言うのであろう。

田圃持ちの「古川」とは、「古」の字を「十《とお》」と「口《く》」に分解した、「十口川《とくがわ》」つまり「徳《とく》川」である。また「古川《ふるかわ》」は「古革《ふるかわ》」でもあり、「古い革袋に新しい酒を入れる」ような「藩主たちによる議会制」によって体制維持をしようと提案した徳川慶喜のことを当て擦っているのであろう。

稲の年貢の流れを止めたのは、「版籍奉還《はんせきほうかん》」であるから、「藩石棒干《はんせきぼうかん》」という洒落なのかもしれない。「尻を持ち込まれた」、つまり「帳尻合わせをさせられた」とは、幕藩体制の後始末が「坊っちゃん」に回って来たということであろう。

正直で真直ぐなご気性

〈おれは到底人に好かれる性ではないとあきらめて居たから、他人から木の端の様に取り扱われるのは何とも思つていない〉（4左7）と言う「坊っちゃん」に対して、〈あなたは御可愛想だ、不仕合だと無闇に云ふ〉（8右1）のが下女の「清」である。木の端のように扱ったのは、〈人の顔さえ見れば貴様は駄目だ駄目だと口癖のように云って居た〉（3左11）、そして〈些ともおれを可愛がって呉れなかつた〉（3右5）御所の「おやぢ」たちと、〈兄許りを贔屓にして居た〉（3右6）「おっかさん」である。ここの「貴様」は文字通り「高貴な親王様」の意にとることができる。

「坊っちゃん」の生母の実家の中川家は家格の高い五摂家ではなく、御所の「おやぢ」たちに「好かれない姓」であり、「坊っちゃん」が天皇の「子の端《こは》」であったのも確かである。したがって、御所の長老たちは「駿馬《しゅんめ》」ではなく、毛並みの悪い「駄馬《だめ》」だとして、「坊っちゃん」に皇位を継がせることに反対であった。継承の「目」がなかったことについて、「坊っちゃん」自身は、〈おやぢは頑固だけれども、そんな依怙贔屓はせぬ男〉（6左5）と納得している。「えこひいき」したのは、むしろ「坊っちゃん」を特別扱いで庇護した下女の「清」の方である。「清」は〈自分の好きなものは必ずえらい人物になって、嫌いなひとは屹度落ち振れるものと信じて居る〉（7右1）のであり、〈全く愛に溺れて居るに違ない〉（6左7）、〈こんな婆さんに逢っては叶はない〉（6左12）というような人物である。

「坊っちゃん」を粗末に扱った御所の「おやぢ」や「おっかさん」は他人であるが、「叶わない婆さん」の「清」は他人ではない。実はこの「清」こそが、「清涼殿」の主であった「坊っちゃん」の父である。つまり、「清」は「孝明天皇」の霊の仮の姿である。冥界の天皇は下女に身を窶《やつ》した前ジテとして「坊っちゃん」の前に現れているのである。

実際、孝明天皇は息子の祐宮睦仁《さちのみやむつひと》を「御可愛く想って」溺愛し、親王たちの中で特別に扱い、後継者として期待をかけて「えらい人」に指名した。

人のいないところで「清」が「坊っちゃん」に告げる、〈あなたは真つ直ぐでよい御気性だ〉（4左11）の「気性《けしょう》」は「継承《けいしょう》」であり、「直系のよい皇位継承者」の意である。謡《うたい》で「ごけ－

しょう」と発声したら、「御継承《ごけーしょう》」も「御気性《ごけしょう》」も区別がつかない。

また、〈御世辞は嫌いだと答えるのが常であつた〉(5右3)「坊っちゃん」に、〈夫だから好い御気性ですと云つて〉嬉しそうに顔を眺めた「孝明天皇」は、「世事《せじ》」つまり「政治《せーじ》は嫌い」という「直系男子」の息子へ皇位「継承」を「好ましい」と言ったのであろう。

「暫々《しばらく》」と花道に登場する歌舞伎の鎌倉権五郎影政の決め台詞は「筋を通すは親仁譲り《おやじ》」であるが、この「親仁譲り」とは、桓武平氏の直系の血統であることを言う。「清」が「親譲りの真直ぐな筋の御気性」と言うのはこれと同じである。

「清」が〈自分の力でおれを製造して誇つてる様に思える〉(5右5)のも、「坊っちゃん」が〈清をおれの片破れと思ふ〉(59左4)のも、二人が親子であるから当然である。

また、「清」の素性については、〈もとは由緒のあるものだつたさうだが、瓦解のときに零落して、つい奉公迄する様になつたのだと聞いて居る〉(4左1)、〈元は身分のあるものでも教育のない婆さんだから仕方がない〉(6左7)と言っているが、「瓦解」を徳川幕藩体制の終焉と解釈し、「婆さん」を五十歳以上の女性と考えるなら、「瓦解」の時の「清」は少なくても十歳には達していたはずである。この年齢の「身分も由緒もある者」に読み書きができないはずはない。したがって、「清」について、「教育のないこと」と「現在婆さんであること」は両立しない。

しかし、ここで言う「もとは」を亡霊の「清」の生前のことと考えるなら、「元は身分のある由緒正しい皇統の天皇であったが、死者となった今は教育のない婆さんの姿で現れているのだから仕方ない」となり、矛盾は解消する。この世に思いを残して冥界から迷い出た「清」は、「下界《げかい》に霊落《れいらく》して、つい彷徨《ほうこう》までするようになった」のである。「ついに奉公まで」ではなく「つい奉公まで」である。

三社《さんじゃ》の神祇《じんぎ》の紅梅焼

「清」は、兄が居ないのを見計らって、いろいろなものを与えてくれたことを「坊っちゃん」は明かしている。

もらった第一のものは「金鍔《きんつば》」である。この菓子は、その名前の「金」と正方形の形状が天皇の実印を連想させる。第二の「紅梅焼」は、「三社《さんじゃ》の神祇《じんぎ》祭り」で売られる浅草の名物である。したがって、この二つは「御璽《ぎょじ》」、と「三種《さんしゅ》の神器《じんぎ》」のことである。「清」は、年長の親王が追放されて留守の間に、皇位継承の証しを、「坊っちゃん」に譲り渡したのである。

〈寒い夜などはひそかに蕎麦粉を仕入れて来て置いて、いつの間にか寝ている枕元へ蕎麦湯を持って来てくれる〉（5右11）とは、「寝殿」の「坊っちゃん」に西園寺公望や裏松良光などの

「傍《そば》に侍る小供」の「側子《そばこ》」と「御用掛《ごようがかり》」の田中河内介らの「側用《そばやう》」を「清」が配したことを言う。

一八六三年（文久三年）の横浜生麦で発生した英国人殺傷事件に抗議する列強の圧力に往生した幕府の老中小笠原長行《ながみち》は、開国の詔勅を朝廷に要求するため千に余る兵を率いて京に迫った。都には火が放たれ、公卿は捕えられ、天皇は大老井伊直弼の彦根藩に遷座されられるなどという流言飛語によって京の町は騒然となった。この「寒い夜《よ》」、つまり物騒で「治安のお寒い世《よ》」に、孝明天皇は息子の取り巻きの人数を増やし、家司《けいし》に夜の警護をさせたのである。

〈時々は鍋焼饂飩さへ買つてくれた〉（5左1）とは、同年の八月五日に御所で挙行された諸藩兵の演習で、天皇が京都守護職の松平容保に命じて、睦仁に大砲の実射を見学させたことを言う。「大砲を駆《か》ってくれた」のである。

「饂飩《うどん》」は「う、ドン」で大砲の発射音である。「饂飩、パン、ジャム」は、日露戦争の満州派遣軍祝勝会で供された景品であり、いずれも旅順で威力を発揮した「二十八サンチ榴弾砲」が発する音を模した洒落である。

「鍋焼うどんと掛けて、大砲と解く」、その心は「両方ともたまとかやくを入れて火をつける」である。「たま」とはうどんをひと玉、ふた玉と数えるからであるが、「鍋焼き」である所以《ゆえん》は、幕府軍の「大砲」が、英国商人グラバーがもたらした「元込め」の新兵器「アームストロング砲」の威力とは比べ物にならない、筒先から火薬と弾を込める旧式の大筒であったことにある。

「女形」の真似をする兄

「坊っちゃん」には兄がいることになっている。〈十日に一遍位の割で喧嘩をして居た〉（4右3）、〈やに色が白くつて、芝居の真似ばかりして女形になるのが好きであつた〉（3右6）とある。

この「兄」とは、睦仁が祐宮《さちのみや》として生まれる前に既に親王宣下を受けていた「有栖川宮《ありすがわのみや》熾《たる》仁《ひと》親王」のことである。生母の家格が高く、皇位継承の序列が「坊っちゃん」より上で年長の親王であったから「兄」なのであろう。御所の「おやぢ」たちが、睦仁の叔母に当たる皇女和宮と婚約させて次期天皇にと目論んでいたのがこの「兄」であった。

しかし。孝明天皇は、息子の祐宮に皇位を継がせたいと考えて、熾仁の父有栖川宮《ありすがわのみや》熾仁《たかひと》親王に「十日に一遍位の割」で祐宮に習字を教えさせた。孝明天皇は、親王ではあっても光格天皇の猶子《ゆうし》にすぎなかった熾仁の父を、自分の息子の皇子祐宮に進講する臣下の立場に置いたのである。有栖川は書の家でもあった。

「女形の真似」、「女の真似」が好きであるというのは、「兄」は江戸攻略軍の大総督に担ぎ出され、「維新の革命をその囃子のうちに成就した」と評される、品川弥二郎作の芝居じみた「錦の御旗」の宣伝歌に唄われた有名人であったからである。

〽宮さん　宮さん　お馬の前に　ぴらぴらするのは何じゃいな
ありゃ　朝敵征伐せよとの錦の御旗《みはた》じゃ　知らなんか
トコトンヤレ　トンヤレナ

この「宮さん」は幟仁親王のことである。したがって「坊っちゃん」は「お馬の前《んまのまね》」を「女《おんな》の真似《まね》」に聞き違えたのであろう。

このような解釈は、牽強付会の誹りを受けるかもしれない。しかし、この手の言葉遊びによる諷刺こそが戯作《げさく》の真骨頂である。地口による言葉の両義表現は江戸の戯作に限ったことではない。フランスの文豪ヴィクトル・ユーゴーはこの手法を「飛翔する精神の翼」と呼んでいる。

また熾仁親王は、上野の幕府軍「彰義隊《しょうぎたい》」を攻めた東征軍の総司令官でもある。だから、「坊っちゃん」は「将棋《しょうぎ》」の「飛車」を「兄」の眉間に擲きつけたのである。〈卑怯な待駒をして、人が困ると嬉しそうに冷やかした〉（4右5）薩長軍に〈あんまり腹が立ったから〉（4右5）である。「飛車」は「飛ぶように走る車」で「弾丸列車」の「砲弾」である。上野戦争の実質的な総指揮官であった大村益次郎は、武士と戦っても勝ち目のない刀槍の白兵戦を避け、本郷台から遠巻きに最新鋭のアームストロング砲を「彰義隊」の「正面」に撃ちかけて勝負を決めたのである。飛び道具を使い、旗本御家人に「武士の誇り」の刀による最後の戦いをさせなかった大村の手が「卑怯な飛車」である。最新鋭のこの大砲は要塞軍艦を撃ち砕くための兵器であったが、薩長軍は破壊力の大きいこの砲弾を直接人に浴びせかけたのである。当時、幕府方もこの砲を沿岸防衛のために三十五門を英国に発注していたのであるが、薩長同盟に肩入れしていたグラバーから引き渡しを拒否されていた。また、この上野の山の戦いで、熾仁の軍が彰義隊の退却路の下谷口に伏兵の「待駒」を置いて敗残兵を一網打尽に撃滅したことも、江戸ではたいへん評判が悪かった。

〈兄は何とか会社の九州の支店に口があつて行かなければならん〉（8右7）ともあるが、実際、熾仁は福岡知事として九州に赴任した。「何とか会社」とは「やっとのことで会社《かいしゃ》に」ではなく、「何とかという会社《がいしゃ》」の意味であり、この「何とかいう会社」とは「明治政府」のことであろう。

熾仁はその後明治天皇をよく補佐し、西南戦争では、中央の許可を待たずに、敵の傷病兵の救護を命じた。これが日本の赤十字活動の嚆矢だと言われている。この「兄」は日清戦争で総司令官として外征して病に倒れ、帰路の広島で没した。

〈先祖代々の瓦落多を二束三文で売った〉（8左4）とは御所の近代化を行ったことを指すのであろうが、この改革への寄与と、陵墓の造営など「清」への配慮に対して、「坊っちゃん」も〈例に似ぬ淡白な処置で気に入った〉（9左11）と、「兄」を評価している。

北向きの山上《さんじょう》を訪う

先の天皇が下女に身を窶《やつ》して冥界から現れたのは、息子の「坊っちゃん」に或る使命を託すためである。海辺の町に赴任する「坊っちゃん」が別れを告げに行ったときに、〈北向きの三畳に風邪を引いて寝て居た〉（12右10）「清」が謎を掛けてそれを伝えたのである。〈非情に失望した容子で、胡魔塩の鬢の乱れを頻りに撫でた〉（12左4）というのがそれであるが、その意味については第五章で説明する。

この「清」への訪問は、天皇睦仁が一八六八年（明治元年）に江戸に行幸した際に、父の山陵を訪《と》うた墓参のことを言う。孝明天皇はその時既に京都東山の泉涌寺の「山上《さんじょう》」に設けられた後月輪《のちのつきのわ》東山陵《ひがしのみささぎ》に「北向き」に葬られていた。

江戸時代の天皇の墓はそのすべてが泉涌寺にあり、各天皇の石塔が寺の後背斜面の月輪陵に設けられているが、孝明天皇のものだけは、それらとは全く趣を異にする。孝明の墓所は長い石段を登った「北向きの山上《さんじょう》」に築かれた古墳風の「山陵」である。

「坊っちゃん」はこの山稜に父の霊に別れを告げたのである。「一年後に帰って来る」と言う「坊っちゃん」に、「清」は「妙な顔」をするが、それは世継ぎの天皇を都から吾妻《あずま》に連れて行ってしまう新政府の「非情に失望した」からであろう。都の大宮人にとって東国は、未開の山《やま》賤《がつ》の地である。だから「清」は心配になって、〈箱根のさきですか手前ですか〉（12左12）と尋ねたのである。千年の都から見れば、江戸は大田舎であり「清」は箱根の先を「魑魅魍魎の棲むこの世の果て」と見ているのであるが、〈こんな事を清にかいてやつたら定めて驚く事だらう。箱根の向だから化物が寄り合つてるんだと云ふかもしれない〉（90右7）と「坊っちゃん」が言う「寄り合っている箱根の向こうの化物」とは、明治藩閥政府に寄り合って大化《おおば》けした山賤の成り上がり者たちのことである。

「坊っちゃん」が「清」と約束したように、新帝睦仁は一年後に京に戻り、一八六八年十二月二十五日の命日に、御所の群臣を引き連れて父の三回忌の法要を執り行った。

「坊っちゃん」の赴任に際し、「清」が土産に所望したのは、「越後の笹飴」である。「坊っちゃん」は〈越後の笹飴なんて聞いた事もない。第一方角が違ふ〉（12左9）と訝《いぶか》しむが、越後は東国であり、「清」から見て方角は間違ってはいない。ただ、越後には笹団子はあっても笹飴はない。したがって、「清」が所望したこの「越後の笹飴《ささあめ》」とは、「越後の酒瓶《ささがめ》」のことである。

これについても後で詳しく説明する。

やんごとなき「坊っちゃん」

このように能楽仕立ての戯作としてこの小説を読み進んでくると、ワキの「坊っちゃん」が「明治天皇」であることは、もはや疑い得ないと思われるが、このような解釈は「証拠《エヴィデンス》がない」と言われるかもしれない。こんなことを言う無粋な近代的合理主義を日本が無反省に採り入れるに到ったことについては、急速な欧化政策を裁可した「坊っちゃん」にもその責任の一端があろう。

「坊っちゃん」は、よく考えもしないで、たまたま通りかかった「物理学校」に入学の手続きをしてしまい、〈今考へると是も親譲りの無銕砲から起つた失策だ〉（10左6）と反省している。西欧の物質文明を無条件で取り入れる政策を「承認したのは失策であった」と言いたいのであろう。ここの「無銕砲」は、「金」に「夷」の「銕」の字が使われているが、「物理学校」へ入学することは、父の攘夷主義に反するものであり、明治の「脱亜入欧」などという発想は、夷を攘《はら》うどころか「夷の仲間に入りたい」と言うに等しいからだ。

科学的な証拠の提示はできないまでも、「坊っちゃん」が「やんごとない」存在である事実を示す「物」はなくもない。

それは漱石の自筆の題字である。直筆原稿の題字は「坊っちやん」と書かれている。本文も原稿では「坊っちゃん」ではなく、すべて「坊っちやん」である。

「坊っ」と促音で「つ」を小さく書くなら、現代の感覚では表示の統一性を維持するため、「ちゃん」と拗音の「や」を小さくしなければならない。ここは、「やん」ではなく「ゃん」にすべきところである。

本文中に「坊っちやん」の語は、「清」の手紙の文中で四回、最後の十行余の間に四回出てくる。その殆どは、「坊ちやん」と書いた後に「っ」を書き足した〈あら坊っちやん、よくまあ早く帰つて来て〉(149右3)のように、原稿の「っ」に一枡《ひとます》を与えない書き方がされているが、一枡を「っ」が専有する「坊っちやん」も「坊つちやん」もあって統一されていない。

促音の「っ」が書き足されたり、それに枡目を与えない書き方がされているのは「江戸っ子」も同じである。〈私も江戸っ子でげす〉(48左9)〔図版八〕、〈江戸っ子は軽薄だといふ〉(52右9)などすべての「江戸っ子」の「戸」と「子」の間に、「っ」ための枡《ます》は用意されていない。

他にも升目が与えられていない「つ」は「机上に置かれる汗と膏《あぶら》の一銭五厘」を握る〈膏つ手〉(60左1)、「名前に保がつく会津人」の〈会津つぽ〉(105左4)などがあるが、いずれにも特別な含みがある。「清」の手紙を読む際の「余っ程」と「焦《せ》っ勝ち」は言葉の勢いを増すためであろうか。
促音ではなく、活字では「つ」になる「四つ目垣」「二つ許り」の「つ」にも枡目は与えられていないので、促音も含めて、枡目を持たない「つ」が、必ずしも「坊っちゃん」の題字の指示のように「っ」として印刷されるわけではない。

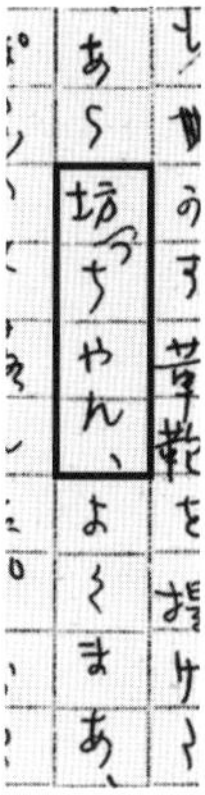
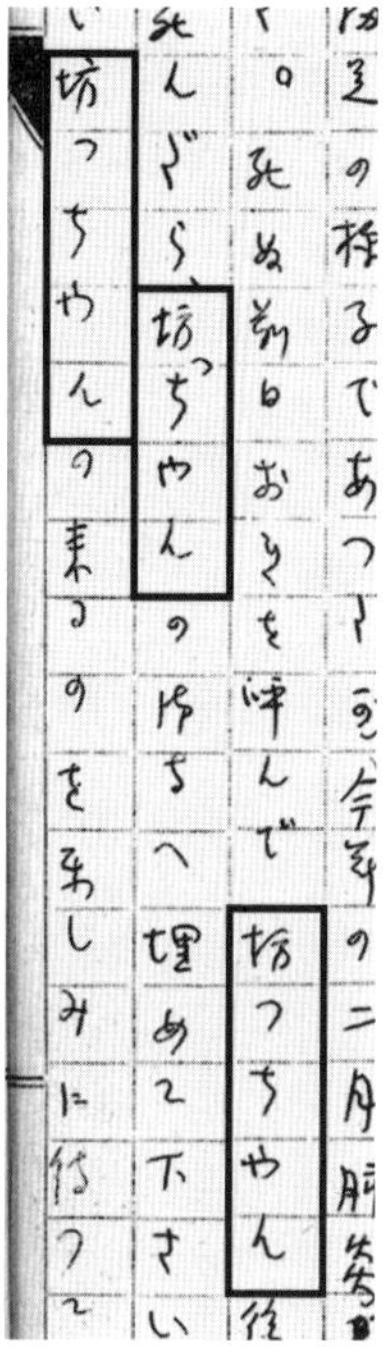

「坊っちゃん」の自筆原稿での表記。題字（右）の右には赤字で「っ」のみ小さな活字を使用するように指定されている。本文（中：149右3、左：149右10–12）でも「っ」の表記はさまざまだが、「や」は一貫して大きく書かれている。

能楽の謡本は字の大きさがまちまちで「促音」「拗音」の表記は曖昧であるのが普通であるが、原稿の扉に大書された題名「坊っちゃん」は、明らかに「っ」は小さく、逆に「や」は「ち」や「ん」より敢えて大きく書かれ、活字の指示も「っ」だけ小さくするように書き込まれている。

漱石は「っ」「や」などを大きく書く傾向にあるので、「つ」

単行本『鶉籠』内の
『坊っちゃん』扉

だけを小さくする「坊っちゃん」という書き方は異例である。また、他作品で「ゃ」が「ち」「ん」より大きく書かれているということもない。

初出の『ホト、ギス』でも、赤字で印刷されている題字だけでなく文中も「坊っちゃん」であり、初版の『鶉籠』の活字も「坊っちゃん」である。

また、『鶉籠』内の扉の題字も揮《ふる》っている。これは「判じ物」の判子《はんこ》である。この意匠は丸い「芋判《いもばん》」のような素朴なものであるが、朱色に印刷されているので、これは「坊っちゃん」の判子、御璽に違いない。

この印鑑の「坊っちゃん」は、「やん」が大きいだけでなく、「っ」は「・」と極小化され、「ぼ・ち」「やん」となっている。したがって、この芋判は、「坊っちゃん」だけが捺せる御璽の「偽物」を戯画化した諷刺である。徳川慶喜追討を命じた偽密勅に押されていたのはこの芋判の類なのであろう。

薩長は「王制復古の大号令」の詔勅にこの判子が欲しくて、小御所の「尊諮《そんばかり》」に「坊っちゃん」を引っぱり出した。英仏蘭米の四国に至っては軍艦を大阪湾に入れて、「通商条約に判子を突け」と、露骨な砲艦外交で「坊っちゃん」の父親を恫喝したのである。

「二字アケル」と「一字アキ」

「坊っちゃん」が誰であるかは、原稿に書きこまれている編集の指示によっても明かされている。この指示は余りにも不規則で奇妙であるが、これが全く論議されてこなかったのは、こう指示した漱石の真意に触れることに畏れをなしたというような事情があるのかもしれない。

「いか銀」の骨董責めに辟易し、〈其のうち学校もいやになった。〉(28左9)と言う「坊っちゃん」であるが、この次の文章〈ある日の晩大町といふ所を散歩していたら郵便局の隣に蕎麦と書いて〉から、「天婦羅」四杯の話に変わる。ここは改行されるべきところであるが、行は改められていない。しかも、奇妙なことに、〈学校もいやになった。〉の文末と、〈ある日の晩〉の文頭の間を「二字アケル」よう原稿に書き込まれている。

また、萩野の下宿を紹介してもらった後、〈この夜から萩野の家の下宿人になった。〉(76左3)の直前には、「一字アキ」とある。

普通は改行する文章の文頭を、このように改行しないで二字、あるいは一字を空け、前の文の下にもってくることを、著者が指示するのは異例である。それを意図的に行うからには、そこに読者に伝えたい特別な意味があるはずである。

漱石は小説を原稿に書くとき、句読点の「、」に「一枡」の一字分を与えず、謡本の「傍点」、あるいは漢文の「レ点」のような体裁で活字の右側に付している（一二頁の図版を参照）。そして、『ホト、ギス』と『鶉籠』はこの形で印刷されている。いっぽうで、文末の「。」については、漢籍のように、一字分を費やしている。

漱石の原稿のこの指示をよく見ると、「二字アケル」の指示は、「。」と合わせて「二字」の意味であるが、「一字アケル」の方は「。」に加える「一字」であることがわかる。つまり、両方が求めている結果は同じである。そうであるなら、明治時代の読者はその意味に気が付いたかもしれない。

当時、天皇に関わる文章は、前の文の下に置くことを畏れ多いとして、改行して上から書き始めるという配慮がなされることがあった。事情により、改行しないで前文に続ける場合でも、一字分の空間を置いて敬意を払う姿勢を見せる方法が用いられた。漱石の編集の指示に従えば、この形式が印刷で現出することになる。つまり、こうすることによって、「坊っちやん」が誰であるかをさりげなく伝えるのが漱石の意図なのであろう。「一字アキ」に続く文の主語はもちろん「坊っちやん」である。

この指示への編集者たちの対応も興味深い。『ホト、ギス』付録としての初出の編集を行った高浜虚子は、漱石の意図の通り、両方とも「。」に加えて一字空けている。しかし書籍として出版された『鶉籠』の編集者は、流石に危険と考えたのであろう、〈学校もいやになった。〉の後にはとくに一字分の空白を与えず、〈この夜から萩野の〉については、大胆にも改行してしまっている。その後に刊行された全集などでは、何の疑問もなく句読点「、」にも一字分を与えているので、漱石の密かな意図は読者に伝わりようがない。

漱石は『三四郎』「八章九」の冒頭の文頭で、逆に「一字下ゲニセズ」という常識外れの指示を書き込んでいる。

その文は「美禰子も三四郎も等しく顔を向け直した。」であるから、ここは、亡霊の美禰子がふわりと浮き上がることを暗示する趣向であろう。

このように、漱石が真意を伝えようとする工夫は、活字の文章だけに限られない。細かいが、もう一つ例を挙げよう。

「坊っちゃん」の出世を願う「清」は、「坊っちゃん」は〈手車へ乗つて、立派な玄関のある

「二字アケル」の指示（28左8）

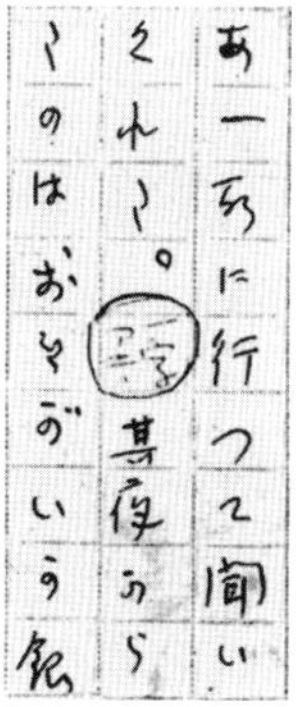

「一字アキ」の指示（76左3）

家をこしらへるに相違ない〉(7右7)、そこには〈ぶらんこを御こしらへ遊ばせ〉(7左3)と予言する。「ぶらんこ」が「御簾《みす》」であることは想像できるが、「手車」と書かれているものが何であるかはよくわからない。天皇は人力車のような車には乗らない。しかし、漱石の筆跡を見ると、ここは「牛車」にも見える。牛車は伝統的な御所の乗り物であるから、「清」が言いそうなことではある。黄表紙のように木版刷りであれば、筆跡の微妙なところをぼかして伝えられるかもしれないが、規格化された活字で印刷されるのであれば、似ている字を頭の中で置き換えて読まなければいけないのかもしれない。

第二章　旅順口の「幽魂」

君死にたまふことなかれ

「清」に停車場で見送られた「坊っちゃん」は、地図で見ると〈針の先程小さく見える〉（11左3）海浜の田舎町に就職の「口」を求めて赴任する。「清」は〈出立の日は朝から来て、色々世話をやいた〉（13右2）とあるが、実はこの出立は、孝明天皇の墓参を済ませて京都を後にした時から既に三十七年を経てのことであり、今まさに日露戦争の真最中である。夢幻能では前ジテがワキを過去に連れて行き、そこで起こった出来事を語るが、ここでは逆に、昔の話を語り終わったシテが「坊っちゃん」を過去から一挙に最も生々しい現実の世界の戦場に連れて行くという仕掛けになっている。生前の「清」が「坊っちゃん」に「鍋焼うどん」の大砲に馴れさせてくれたのはこのためであったのかもしれない。この後もシテが「清」の姿で夢などに現れて、「坊っちゃん」を現在から連れ出して、過去のことを思い出させる。〈汽車が余つ程動き出してから〉(13右9)窓から「清」を〈振り向いたら、矢っ張り立つて居た。何だか大変小さく見えた〉(13右10)のは、過ぎ去った遠い過去を思い出させると同時に、次の舞台がシテに導かれた場所であることを暗示している。このように時空を超越して展開されるのが能楽であり戯作である。

そして、〈ぶうと云つて汽船がとまると、艀《はしけ》が岸を離れて、漕ぎ寄せて〉(13左1)くる場面となる。〈碌でもない所にちがいない〉(11左4)、〈野蛮な所だ〉(13左2)と書かれているように、そこは「船上《せんじょう》」つまり「戦場《せんじょう》」の地獄絵図の真っ只中である。[12]

亡霊に導かれて「坊っちゃん」がやってきたこの「戦場」とは何処であろうか。

原稿には〈○国辺のある中学校で数学の教師が入る〉(11右2)とある。この「○」は上から縦の棒線で「⦶」と消されているので、「中」の字にも見えるが、「中学」の「中」の自筆字体とは違うので、「中」ではなさそうだ。そして、消されたこの字は更に「四」と書き直され、「四国辺」に変更されている。

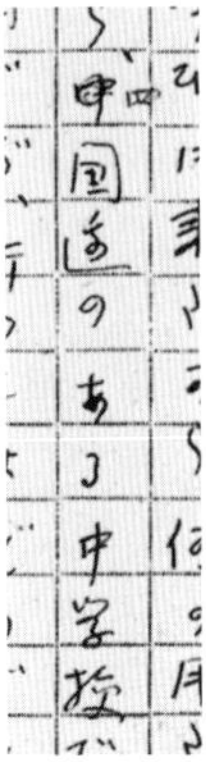

〈○国辺のある中学校〉

「◯」は原稿用紙に書いた字を後で取り消す漱石の記号であり、他の場所では、「ねー」が「ね◯」と消され〈ねえ〉（116右7）、「会われる」が「◯われる」と消され、〈逢われる〉（116右8）に訂正されていることが読みとれる。しかし、元の字が何であったかが読み取れない「◯国辺」の「◯」は、何の字を消したものであろう。当初は「何処の国」と書かれていたのであろうか。

亡霊の「清」に導かれた場所であるから、「坊っちゃん」が到着した「碌でもない」「野蛮な所」とは、「清国《しんこく》」の辺地であると考えることができる。それで、海辺の「針の先程小さく見える」田舎町であれば、清国の辺地である満州の遼東半島の先端に建設されたロシアの軍港が思い当たる。近代的に要塞化されたこの港町の旅順口こそ、日露戦争で日本軍が夥しい戦死者を出した惨憺たる野蛮な戦場であり、日本を存亡の危機に追い込んだ、まさに「碌でもない所」であった。

汽車から振り返って「何だか小さく見えた清」とは、日清戦争では日本にも領土の租借を要求され、今また日露戦争の戦場になっている国、ここでは列強に蚕食されつつあった「清国」の含意でもあろう。つまり、ここはシテの「清」の霊力によって場面が「清国」に転換されたのである。

原稿では最初〈学資の残りを五十円程懐に入れて東京を出て来たのだ。汽車と汽船と雑費を差し引いて、まだ十四円程ある〉(15左12)であったのが、この懐の「五十円」の金額が訂正され、「四十円」「三十円」と二度にわたって切り下げられている。行き先として「旅順口」を想定していたのが、「四国」に変わったことで、旅費が安く上がり、辻褄を合わせるために、最初の持ち金を減額する必要があったのであろう。また、古くは日本語に「ん」の字が存在しなかったこともあって、(13)「四国《しこく》」と書いても音では「しんこく」にもできる。謡曲や東北弁などでは、二つのシラブルを一拍の単位とするリズムを整えるために、「至極《しごく》」を「至極《しんごく》」、「凄《すご》く」を「凄《すんご》く」のように「ん」を加えて発声することは珍しくない。

日露戦争における旅順口は、日本陸軍が野蛮な戦い方の実態を正確に公表していない特別な場所であったため、編集者の高浜虚子は、そのままでは余りにも刺激的であり、辛辣過ぎて危険だと判断し、筆禍を避けるために、「四国辺」に書き変え、自分の郷里の「松山」らしき場所を舞台と思わせるようにした可能性がある。この能楽仕立ての漱石の諷刺はそれ程大胆に軍部を批判した書であった。

では、ワキの「坊っちゃん」は、何故この野蛮な戦場にやって来たのであろうか。

それは、歌人の与謝野晶子が「すめらみことは戦ひにおほみづからは出てまさね」と歌ったからであろう。旅順要塞の攻防戦が激しくなりつつあった明治三十七年九月、晶子は文芸誌『明星』に、「旅順口包囲軍に在る弟を嘆いて」『君死にたまふことなかれ』を発表して物議を醸《かも》していた。

「戦いに出ない」と言われてしまった「坊っちゃん」は、「逃げた抔《など》と云われちゃ一生の名折れだ」と、「いの一番に出《い》でまして」、「おほみづから」砲弾が飛び交い死屍累々と山を成す旅順の戦場に赴いたのであろう。これなら晶子も文句あるまい。

もちろん明治天皇が旅順に親征した史実はなく、「坊っちゃん」の戦場への道行きは、現実ではなく、亡霊に導かれた夢幻能の舞台での話である。〈只行く許りである。尤も少々面倒臭い〉（11左6）と断っているように、「面」の「人」が「到」った「臭い」で、「面《おもて》をつけたシテが到ったようだ」と読める。

また〈教師が入る〉（11右2）は「教師《きょうし》が要る」ではないので、「京師《きょうし》が入《はい》る」、つまり、「東京の師団、あるいは多くの兵士が旅順口に入る」とも読める。当初旅順攻略に当ったのは東京第一師団と善通寺第十一師団であり、その後、金沢第九師団が投入され、最終的には旭川第七師団も国内から送り込まれた。

「坊っちゃん」戦場に着く

「坊っちゃん」が上陸した所で最初に出会うのは〈磯に立って居た鼻たれ小僧〉（13左11）であ

る。それで、そこが満州であると確認できる。

「坊っちゃん」が〈つらまへて中学校はどこだ〉（13左11）と聞いたこの「鼻たれ」とは、満州で「花大人《ファターレン》」と呼ばれていた「花田仲之助」のことである。「花田《はなた》」の「花大人《はなターレン》」と読めば「鼻たれ」となる。また、「大人」が「小僧」という洒落でもある。花田は、満州義軍を組織して大陸で暴れ回った満州浪人の頭目として知られているが、その正体は満州軍参謀本部の情報将校であり、日露戦争時の満州において諜報、破壊工作、ロシア軍の後方攪乱などの謀略活動を行った。

「坊っちゃん」に尋ねられた「小僧」、つまり「大人《ターレン》」が〈茫やりして、知らんがの、と云った〉（13左12）のはさすが百戦錬磨の工作員、とぼけるのがうまい。誰よりも情報を握っているはずの「鼻たれ」が本当のことを伝わず、「知らない」と嘘をついたのは、「狂言」の役者であるからである。この「知らんがの」に限らず、この能楽において方言を模した台詞は、独特の語調で演じられる「狂言《きょうげん》」の言い回しを真似た茶番であり、その内容は信用ならない「虚言《きょげん》」であるから用心しないといけない。

しかし、一本気な「坊っちゃん」は、その危うさに気付かず、〈気の利かぬ田舎ものだ。猫の額程の町内の癖に〉（14右1）と、狭小な旅順口など簡単に攻め落とせると思い込んだのである。

〈どんな町で、どんな人が住んでいるのか分らん。分らんでも困らない。心配にはならぬ。只行くばかりだ〉（11左5）と「坊っちゃん」はやって来たのであるが、実際このように要塞の防御力も調べず、敵の兵力も知らないで旅順に殺到し、将兵の多くが犠牲になったのが乃木大将の第三軍である。その意味では、この「鼻たれ」が行った事前の諜報活動は全く役に立たなかったのである。兵士たちを突入させる要塞の規模や構造や火器の配備、守備兵の戦力や士気について、情報将校が「知らんがの」では全く話にならない。参謀本部の大失態に対する巧みな諷刺である。

「松樹山」の惨劇

〈ぶうと云つて汽船がとまると、艀が岸を離れて、漕ぎ寄せて来た。船頭は真つ裸で赤ふんどしをしめて居る。野蛮な所だ〉（13左1）が、「坊っちゃん」が到着して目撃した戦場の有様である。しかし、ここで語られているのは実に奇妙な情景である。

戦場であるから「野蛮な所」であることに間違いないが、旅順は「船頭が真っ裸で赤ふんどしをしめて居る」ほど未開な場所ではない。それに旅順の気候はそれほど暑いとも思われない。〈尤も此熱さでは着物はきられまい〉（13左3）と「熱さ」と書かれているから、砲弾が飛び交う戦場だから「熱い」のであろうか。「熱い」なら「着物は着てられまい」と言うべきところである。

実は、ここで記述されている戦場とは、内陸から旅順の港へと通じる街道を扼《やく》す要塞群の要《かなめ》の「松樹山」の山裾である。「坊っちゃん」の説明は、強力な要塞に肉弾で仕掛けた日本軍の無謀な強襲を語るものである。正面突破に拘った第三軍は、一九〇四年十一月二十六日の夜半から、松樹山の第四砲台の正面に決死の白襷隊を繰り出し突進させた。日本軍は十年前の日清戦争でも旅順口を攻略した。この時は、強襲によって「松樹山」は簡単に陥落した。天皇も祝福の気持ちを素直に歌に託している。

世にたかく　ひびきけるかな　松樹山　攻め落としつる　勝関《かちどき》の声

しかし、その後ロシア軍が大量のコンクリートによって鉄壁の近代的要塞に構築し直して機関銃を備えた松樹山の攻防戦は、日清戦争時とは全く様相を異にした。

そして〈日が強いので水がやに光る。見詰めて居ても目がくらむ。事務員に聞いてみるとおれは此所《ここ》へ降りるのださうだ。見た所では大森位の漁村だ。人を馬鹿にして居らあ、こんな所に我慢出来るものかと思つたが仕方がない〉（13左3）と続く。「馬鹿」は仮名にすれば「まか」

で「真赤」であり、(14)「人を馬鹿にしている」は「人を真っ赤にしている」と読める。

しかし馬鹿にされても「仕方がない」から〈威勢よく一番に飛び込んだ〉(13左7)と続く。「飛び込んだ」と書かれているから、「艀」に「飛び乗った」のではない。また、〈陸へ着いた時も、いの一番に飛び上がつて〉(13左10)であり、誰かがどこかに勇敢に飛び込み、着地してから真っ先に飛び上がって突き進んでいるかのような書き振りである。「此処」が「汽船」から降りた場所であるとは書いていないことにも注意すべきである。

したがって、ここはこのように読むことができよう。

「ぶうと飛んできた巨弾が着弾し、ぽんぽんと機関銃が弾丸を撃ち浴びせかけてきたのをものともせず、夜襲の決死隊は攻め寄せた。先導の白襷は真っ赤に血に染まっている。野蛮な所だ。尤もこの熾烈さで誰も生き残ってはいまい。探照灯の光が強いので血が光る。目をつむって居ても目が眩む。」

朱《あけ》に染まった白襷《しろだすき》

このように読めるのは、ここの記述が漱石の短編小説『趣味の遺伝』で出征した友人の「浩さん」が戦死する松樹山の戦闘描写と重なるからである。『趣味の遺伝』は『坊っちゃん』の三ヶ月前の一九〇六年一月に『帝国文学』に発表されていた。『趣味の遺伝』では、次のように活写されている。

掩護《えんご》の為めに味方の打ち出した大砲が敵塁《てきるい》の左突角《とっかく》に中《あた》って五丈ほどの砂煙を捲き上げたのを相図に、散兵壕《さんぺいごう》から飛び出した兵士の数は幾百か知らぬ。〔…〕黒い河が山を裂いて流れる様に見える。其黒い中に敵の弾丸は容赦なく落ちかゝって、凡てが消え失せたかと思ふ位濃い烟が立ち揚がる。〔…〕塹壕に飛び込んだ者は向へ渡す為めに飛び込んだのではない。死ぬ為めに飛び込んだのである。彼等の足が壕底に着くや否や穹窖《きゅうこう》より覘《ねらい》定めて打ち出す機関砲は、杖を引いて竹垣の側面を走らす時の音がして瞬く間に彼らを射殺した。

東京で招集された「浩さん」は、十一月二十六日の深夜、第三次総攻撃の先鋒として、要塞の突破を命じられ、松樹山の第四砲台に正面から斬り込んで行った三千余名の白襷隊の一人であった。この決死隊はロシア軍の探照灯に捕捉され、闇夜に照らし出されて目立った白襷が仇となり、機関銃掃射の恰好の標的となって壊滅した。軍旗を掲げて部隊を先導した「浩さん」も「いの一番に」壕に飛び込み、そのまま帰ってこなかったのである。そして、東京の彼の先祖累代の墓に本人の「幽魂」が若い女性の姿で現れるのである。

漱石の小説では、往々にして「汽車」が「砲弾」を意味する。この符牒は、旅順で戦死し、その戦死によって国民の誰もが知る有名人となったある若者が、親戚の子供に送った手紙の次の文面からも来ているのであろう。

露助ノ野郎、大キナ大砲ヲ打ツゼ。踏切ノ下ニ居テ、汽車ノ通ルノヲ聞ク時ヨリモ、モットト大キナ音ガスルンダゼ。

これを記したのは、乃木大将の次男の保典少尉《やすすけ》（戦死後中尉に昇進）である。したがって、「汽船」は「汽車」より更に大きな「巨砲の弾丸」と解釈できよう。「艀《はしけ》」は「ポンポン船」であるから、「ポンポン」と掃射される「機関銃」である。「船頭《せんどう》」は「先頭」あるいは「先導《せんどう》」、「真《ま》っ裸《ぱだか》」は「真《ま》っ赤《か》」、「赤ふんどし」は「血で朱に染まった白襷」、「此《し》熱《ねつ》」は「熾烈《しれつ》」である。「やに光る」は「いやに光る」であり、「着物はきられまい」は「生き物は生きられまい」の地口、つまり「誰も生きていられない」である。

〈見詰めて居いても眼がくらむ〉（13左4）も、眩しいものをわざわざ「見詰める」のは不自然であるから、「目つむって居ても」であろう。ここに「事務員」が現れるのも奇妙である。この飛び降りることを強いる「事務員」とは、机の上で非現実的な作戦立案を行い「壕に飛び込こんで、要塞に御上り」と事務的に指示する者なのであろう。

「皆屠屋《みなとや》」の「やな女」

旅順の戦場に着いた「坊っちゃん」が、情報参謀の「鼻たれ」に道を尋ねていると、〈妙な筒っぽうを着た男が来て、こつちへ来いと云ふから、尾いて行つたら、港屋と云ふ宿屋へ連れてきた。やな女が声を揃えて御上がりなさいと云ふので、上がるのがいやになつた〉（14右2）のであるが、この「やな女」は「女」と呼ばれて叱責された男のことである。

袂のない「筒っぽう」は洋式の「軍服」を思わせるが、軍服であるなら「妙な筒っぽう」とは「変な軍服」である。「変な軍服《ペン》」としては、ペンを吊るした「参謀飾緒」のあるものが思い当たる。その軍服の参謀が「坊っちゃん」を連れていった「港屋《みなと》」とは「皆屠屋《みなと》」、つまり「兵士を皆屠《ほふ》った」第三軍司令部であろう。

司令部の将軍や参謀が声を揃えて言う「御上りなさい」とは、要塞に突撃して「攻め上がれ、攻め上がれ」一本槍の命令である。しかし、そんな無謀で無茶な作戦に納得できない「坊っちゃん」は、「上がるのがいやになった」のである。さらに、〈中学校は是から汽車で二里許り行かなくつちやいけないと聞いて、猶上がるのがいやになった〉（14右6）のは、実際の司令部と前線が二里も離れていたからである。「そんなに後方に居ては、臨機応変で的確な用兵が出来るわけがないだろう」と「坊っちゃん」は参謀長のやり方に疑問と不信感を抱いたのである。

これは事実に基いた批判である。第三軍参謀長の伊地知幸介は、「砲弾の音が冷静な思考と判断の妨げになる」との理由で、司令部を前線の遥か後方、砲弾の届かない柳樹房に置いていたが、満州軍総司令部から督励に来た児玉源太郎にこの不合理を叱責され、司令部を要塞に近い水師営に移させたのである。

伊地知はドイツとフランスに留学した砲術の権威という触れ込みで、第三軍の参謀長に任じられていた。徒《いたづら》に兵士を要塞に突入させ、無益な殺生を行っていながら、砲弾不足を理由に、自己中心的な責任転嫁の泣きごとを言う伊地知を、児玉源太郎が「お前は女か」と罵倒した話が伝わっている。(15) 喩《たと》えに使われた女性たちには失礼な話だが、これが漱石が参謀長を「やな女」と呼んでいる所以であろう。

また「筒っぽう」は「筒砲」に掛けられ、この参謀が砲術の関係者であることも示している。この「やな女」に「白襷」を着けさせられて「御上がり」と言われて戦死した決死隊の兵士の「幽魂」は、『趣味の遺伝』では自分の墓参をする「女」、『虞美人草』では「必死の紫の絹紐」をつけた「女」、『三四郎』では「参謀長」にこの「紫の絹紐」を贈られる「女」として現れる。

中学校の「教場」

白襷隊が壊滅した翌日、「坊っちやん」は「中学校」に初出勤する。〈四つ角を二、三度曲がつたらすぐ門の前に出た。門から玄関は御影石で敷きつめてある〉(16左4)とある。「四つ角」は「四の角《しかど》」で「死の門《かど》」、「二、三度」は「二三回」、これを「二回三」と並べ替えれば「二〇三」、つまり「二百三高地」と読める。

この「中学校」とは、旅順口を攻めた満州派遣第三軍のことであり、「教場」は「戦場」である。喇叭《ラッパ》の合図で始められる「授業」とは戦闘のことであるが、手柄を立てた者に勲章や爵位を授ける「坊っちやん」の仕事もまた「授ける業」と言えよう。

そして、「坊っちやん」の授業が始まる。〈生徒は八釜しい。時々図抜けた大きな声で先生といふ。先生には答へる〉(23左3)のであるが、「八釜しい」のは砲撃であり、「先生」という大きな声は「先制」と叫ぶ鬨の声である。すなわちこれは「先制攻撃」に「応《こた》える」応戦であろう。

〈二時間目に白墨を持つて控所を出た時には何だか敵地に乗り込む様な気がした〉(24右1)のも尤もである。この「砲撃」の後には、白刃をかざして敵陣地へ突入する白兵戦が予定されている。

〈今度の組は前より大きな奴ばかりだ〉（24右3）の「大きな奴」とは大柄なロシア兵のことに違いない。日本軍が〈どうも高い所へあがっても押しが利かない〉（24右5）は、要塞の堡塁に攀じ登って押し寄せても突破出来ないことを言っているようである。〈こんな大僧を四十人も前へ並べて只一枚の舌をたゝいて恐縮させる手際はない〉（24右6）は、「舌がひとつ」しかない単発の「村田銃」を射っても、機関銃を備えているロシア軍にとっては脅威にはならないのであろう。

〈最初のうちは生徒も烟に捲かれてぼんやりして居たから、それ見ろと益得意になつて、べらんめい調を用ゐてたら、一番前の列の真ん中に居た、一番強そうな奴が、いきなり起立して先生と云ふ。そら来たと思ひながら、何だと聞いたら、あまり早くて分らんけれ、まちつと、ゆる〳〵遣つて、おくれんかな、もしと云った〉（24右10）のは、砲煙に捲かれてぼんやりしていた兵士たちを、「坊っちゃん」が「べらんめい調」で督励した効果であり、「坊っちゃん」は「天皇《エンペラー》」らしく詔勅で、「汝等将卒夫レ自愛努力セヨ」と〈成るべく大きな聲をして〉（24右8）言ったのであろう。そうすると、「最前列中央の、一番強そうなロシア兵がいきなり攻撃を仕掛けてきた。そら来たと思いながら、何だと聞いたら、あまり激しく攻め立てられて困るけれ、まちっと、ゆる〳〵遣っておくれんか」と手加減を求めてきたのである。この辺の方言による遣り取りは狂言を思わせ、能の幕間で演じられる滑稽なアイの寸劇の趣がある。

「三時の掃除」の検分

放課後に「掃除」に立ち合い、〈出席簿を一應しらべて漸く御暇が出る〉（25左1）ことを、「坊っちやん」は、〈三時迄ぽつ然として待つてなくてはならん。三時になると、受持級の生徒が自分の教室を掃除して報知にくるから検分するんださうだ〉（25右10）と言う。しかし、掃除の検分で「出席簿」で照合するというのはいささか奇妙である。

この「掃除」とは、旅順の日露両軍がしばしば戦闘を中断して一時的な停戦を行い、その間に壕を埋めた死傷兵を収容したことを言うのであろう。「戦死者の検分」であるから、出撃した将兵を特定するための名簿が要る。「三時」であるのは、この戦闘の休止が、「午後のお茶の休憩」という皮肉であろう。『三四郎』では、このことについて「二十三頁の前で御浚いをしたくなる」と言っている（一章五）。「二十三頁《ぺーじ》」とは、「松樹山」に並ぶ激戦地「二百三高地」の「兵士《ぺいじ》」のことである。

そこで「坊っちやん」は先輩教師の「山嵐」に、〈君何でも蚊んでも三時過迄学校に居させるのは愚だぜ〉（25左6）と言ってこれを批判する。しかし、〈山嵐はさうさアハ――と笑ったが、あとから真顔になって、君あまり学校の不平を云ふと、いかんぜ。云ふなら僕丈に話せ。随分妙な人も居るからなと忠告がましい事を云った〉（25左7）のである。「山嵐」は戦死者の収容ということに関して、「随分妙な人」に苦い思いをさせられた過去があるようだ。

「中学校」の「授業」に毎日に出る、このように「坊っちゃん」の姿は、毎日御所の学問所で戦況の報告を受けていた天皇を投影したものでもあろう。睦仁は毎日一人「ぽつ然《ねん》」と御所の「学問所」の大机の前に座し、参謀本部からの戦況の報告を待ち、渡された戦死者の名簿に目を通していた。この「ぽつ然」の一語は、毎日この「出席簿」で報告されてくる多くの戦死者に対する心痛と自責に苛まれる君主の深い孤独の苦しみと寂寥を感じさせる。しかし、国の命運を左右する乃木将軍による旅順攻略は遅々として捗《はかど》らず、第三軍は屍山を築き続け、血河は流れ続けたのであった。そして、この戦《いくさ》で無惨に戦死した兵士たちは、「坊っちゃん」が心配したように、亡霊となって迷い出て、戦場を彷徨《さまよ》うことになる。

旅順が陥落した時、第三軍の司令部でロシア軍の降伏通知を確認した国際法学者の有賀長雄は、参謀長室内の様子について、「旅順で死んだ幾万の幽魂がこの部屋に集まって来たようで、どの幕僚の顔をみても、喜悦などというような表情がなく、ちょうど、なにかに押しつぶされそうになっているような、そういう苦悩があった」と証言している。(16)

第三章　悪鬼の「赤シやツ」と「野だいこ」

「キリギリス」を飼う国

宿直室の寝床に「バッタ」を入れられた「坊っちやん」は、寄宿生の代表を呼びつけて叱責する。ここの〈大きなずう体をして、バッタを知らないた何の事だ〉（37左12）は、「バッタとは何のことか」という漱石が仕組んだ謎掛けである。

「小使《こづかい》」が半紙に載せてきたバッタの死骸を見た丸顔の生徒の〈そりや、イナゴぞな、もし〉（38右2）に対して、「坊っちやん」は〈篦棒め、イナゴもバッタも同じもんだ〉（38右3）と強弁し、〈おれがいつ、バッタを入れて呉れと頼んだ〉（38右9）と詰問する。

〈誰も入れやせんがな〉（38右10）、〈入れないものが、どうして床の中に居るんだ〉（38右11）の押し問答となり、〈イナゴは温《ぬく》い所が好きぢやけれ、大方一人で御這入りたのぢやあろ〉（38右

12）と生徒が言うに及んで、「坊っちゃん」は〈馬鹿あ云へ。バッタが一人で御這入りになるなんて――バッタに御這入りになられてたまるもんか。――さあ、なぜこんないたづらをしたか、云へ〉（38左2）と畳み掛ける。

生徒の「一人で御這入りた」というこの方言が、「バッタ」に敬語を使ってふざけているように聞こえるから、「坊っちゃん」は激怒したのであろうか。いや、そうではない。ここは漱石が仕掛けた、滅茶苦茶に面白い諷刺の巧妙なトリックが仕込まれた箇所である。

言い訳をしている生徒たちの方言は「狂言」の「虚言」であるが、寄宿生たちが「バッタ」を「温《ぬく》い床《とこ》に」這入らせて、敬語を使って遇しているのは現実のことである。ただし、生徒が正直に言うなら、「そりや、キリギリスぞな、もし」である。(17)

「キリギリス」は、明治天皇が山県有朋につけた渾名《あだな》である。天皇は渾名つけの名人であった。「坊っちゃん」が誰彼構わず洒脱で辛辣な渾名をつけるのはそのためである。「清」は〈ほかの人に無暗に渾名《あだな》なんかつけるのは人に恨まれるもとになる〉（83右12）と手紙で忠告したが、すべての渾名にはつけられただけの理由と諧謔の面白さがある。

山県の渾名「キリギリス」は、その貧相な容貌と洗練されない身のこなしの印象からそう呼ばれていたのであろうが、英国の対日政策に加担してのし上がってきたその経歴から、「吉利《キリ》英吉利《イギリス》」つまり「英国を利する者」という含意もあっただろう。

ゲーテの詩に、王様が「ノミ」を宮廷で飼い、家臣が辟易する話があるが、「キリギリス」を厚遇し「温い床」で飼っている間抜けがいる国、それが「坊っちゃん」の国である。

そして、〈バッタを床の中に飼つとく奴がどこの国にある。間抜めゝ〉（37右5）と「坊っちゃん」が「小使」を叱りつけたのは、この「小使」が、まさに「キリギリス」を「子飼い」にしていた者であるからである。

「掃き溜めのような所」から「キリギリス」を拾った「小使」とは、倒幕軍を組織し、維新後に日本陸軍を創設した冷徹な合理主義者の長州の医者・大村益次郎のことである。そして、大村の死後、その後継者に収まって長州閥陸軍で実権を握ったのが、大村に「拾われて」「飼われた」奇兵隊出身の「キリギリス」山県有朋である。権力に固執し、温い所の好きな金慾物欲の亡者のこの「キリギリス」を明治政府が閣下として遇していることを腹に据えかねた「坊っちゃん」の言う「篦棒め、イナゴもバッタも同じもんだ」は、「イナゴもバッタもキリギリスも同じもんだ」と言外に言っているのである。

また、「キリギリスを飼っとく奴があるか」ではなく、「飼っとく奴がどこの国にあるか」であるから、国家元首が国のあり様を懸念して、「おれの政府で、キリギリスなどを飼うな」と叱責しているのである。

言うまでもなく、これはあくまで漱石一流の虚実取り混ぜた黄表紙本に倣った漫画的な諷刺である。明治天皇が山県を軽侮し嫌っていたことは間違いないようであるが、念のためにお断りしておく。

偉そうな寄宿生

寄宿生の総代を呼び出し、「バッタ」を入れたことを叱責した後で、彼らについて、〈上部丈は教師のおれより余つ程えらく思える。実は落ち着いて居る丈猶悪るい〉（39左4）と「坊っちやん」が言うのは、陸軍内の長州閥結社に「上部」組織の「一品会」と下部組織の「同裳会《どうしょう》」があったからであろう。バッタが「同床《どうしょう》」した「温《ぬく》い床」は、山県が牛耳るこの派閥「同裳会」を当て擦るものである。そして、寄宿生代表の六人とは、「バッタ」、つまり「キリギリス」を「温い床」で飼っていた政府の元老たちを戯画にしたものである。

ここは、江戸時代の諷刺本「黄表紙」の挿絵のように、生徒たちの顔を「余っ程偉そうな」歴代総理大臣の似顔絵にすると、漱石の意図がよくわかる。当時では直接そのように描くことは憚られたのであるが、漱石の意図のままに描くなら、伊藤博文、黒田清隆、山県有朋、松方正義、大隈重信、桂太郎の六人が雁首を並べ、田舎学生の姿で頭を垂れて、教師の天皇に叱られている諷刺画になるだろう。

〈三人ばかり総代に呼び出した。すると六人出て来た〉（37右9）「総代」は「総理大臣」の「総大《そうだい》」でもあろう。

「坊っちゃん」の怒りが向けられているのが六人の歴代総理でないと、〈いたづら丈で罰は御免蒙るなんて下劣な根性がどこの国に流行ると思つてるんだ。金は借りるが、返す事は御免だと云ふ連中はみんな、こんな奴等が卒業してやる仕事に相違ない。全体中学校へ何しに這入つてるんだ。学校へ這入つて、嘘を吐いて、胡魔化して、陰でこせ〳〵生意気な悪いたづらをして、さうして大きな面で卒業すれば教育を受けたもんだと癇違をして居やがる。話せない雑兵だ〉（39右3）と叱責する趣旨が理解できない。「下劣な根性が流行る国」とは、もちろん「坊っちゃん」の国、日本のことである。ここを読むと、この小説の諷刺と批判の矛先が、「坊っちゃん」の国を食い荒らす「雑兵」出身の「余っ程偉そうな寄食者たち」に向けられていることがわかる。

「坊っちゃん」はこの六人の中で、とくに〈一番左の方に居た、顔の丸い奴〉（38右1）を名指している。この「丸顔」が〈「そりや、イナゴぞな、もし」と生意気におれを遣り込めた〉（38右2）と、「坊っちゃん」は憤《いきどお》っているが、実際、しばしば睦仁を論破して遣り込めたのが伊藤博文であった。西南戦争では、西郷隆盛討伐の勅令を下すのに忍びなくて政務から逃げていた天皇を、容赦なく追い詰めたのもこの丸顔である。(18) また、世間は伊藤を女好きの色情狂と評し、その醜聞を面白おかしく揶揄していたのであるから、この「丸顔」は寝床の中に這入っているものを「そりや、オナゴぞな、もし」と言ったのであろう。内村鑑三も「もはや伊藤の寝床に一人の美女も入れさせるべきではない」と書いている。(19)

横縦十文字の輪と下品の一匹

〈バッタを床の中に飼つとく奴がどこの国にある。間抜め〉(37右5)と「坊っちやん」が叱りつけた「小使」の「大村益次郎」はまるで鉄砲のように〈恐る〳〵箒を担いで帰つて行つた〉(37右7)のであるが、洋式訓練を受けた大村の倒幕軍は、実際には「恐る〳〵帰った」のではなく、江戸の幕臣や町民たちにとって癪なことに、意気揚々と鉄砲を担いだ珍妙な「足踏」で江戸に進攻して来た。この田舎者たちが我が物顔で作った藩閥政府を、幕臣側の都会人であった漱石は、「山嵐」が「江戸っ子は負け惜しみが強い」と指摘するように、当然快く思っていなかった。

「小使」と同じように、鉄砲に見立てた〈棕櫚箒を小脇に抱い込んで、日清談判破裂して――と座敷中を練りあるき出した〉(117左2)「野だ」は、宴会で『欣舞節』を唄う。この歌は「日本男児の村田銃、剣の切っ先味わえと」と歌詞が続く。「村田銃」は明治十三年に村田経芳によって製作された国産の施条径小銃である。したがって、「バッタ」を拾って筭を担いで行った「小使」は「大村」を連想させる。大村益次郎の元の名は「村田蔵六」であるからである。

また、「坊っちゃん」が呼びに遣らせた寄宿生は「三人ばかり」であったが、やってきたのは「六人」である。それで〈六人だらうが、十人だらうが構ふものか〉（37右10）と「坊っちゃん」は気焔を吐くが、要は「六人に増えた」と言いたいのである。「増六《ぞうろく》」は「蔵六《ぞうろく》」に音が通じるから、鉄砲を担いだ「小使」はやはり「村田蔵六」である。

大村が「小使《こづかい》」であるのは、百姓町人、あるいは足軽・中間や小者を集めて陸軍を作った「小者使《こものづか》い」の意味でもあろう。大村は、旧武士階級を警戒して、政府の軍事に関与させないようにした。そのため、各地の士族は武士の矜持と命を懸け、天皇を頂点とする儒教的な「正道」を実現する尊王体制を求めて蜂起し、新政府軍と衝突した。長州も例外ではなく、松下村塾の熟頭であった前原一誠の同志らが蜂起し、乃木希典も恩師と実弟を失った。

この「小使」は「掃き溜め」から、〈半紙の上へ十匹許り載せて来て「どうも気の毒ですが、生憎夜で是丈しか見当りません」〉（37左9）と、「バッタ」を「坊っちゃん」に恭しく献上する。「バッタ」と「イナゴ」「キリギリス」は同じものであるから、これは「足軽」以下の身分の「キリギリス」を「半紙《はんし》の上」に戴せて、つまり上級武士の「藩士《はんし》」の上に置いて、「キリギリス」と同類の「小者」たちで「官軍」を作った「小使」らしい行為である。そして、「小使」

は〈「あしたになりましたらもつと拾つて参ります」〉（37左10）と言う。これは「新政府では徴兵制にして、全国から庶民をもっと拾ってきて、官軍を仕立て上げます」という意味である。「坊っちゃん」が敬愛した西郷隆盛が率いる士族軍を数で圧倒して鎮圧したのも、この掃き溜めから「もっと拾ってきた」「小使」の軍隊であった。

幕末の京で長州の「バッタ」、つまり「キリギリス」の仲間が、「坊っちゃん」の「宿直室」、つまり「寝殿」である「御所」から「掃き出され」、過激派の公家の「おっかさん」ともども追い出された禁門の変の後の歴史の展開も、ここ宿直室の場面で語られている。「坊っちゃん」が「バッタ」を入れられた「宿直室《しゆくちよく》」は、「キリギリス」を飼っている明治天皇の朝廷に置かれた「宿直所《とのいどころ》」のことでもある。

〈さっきの騒動で蚊帳の中はぶん〳〵唸って居る。手燭をつけて一匹宛焼くなんて面倒な事はできないから、釣手をはづして、長く畳んで置いて部屋の中で横竪十文字に振つたら、輪が飛んで手の甲をいやと云ふ程撲つた。三度目に床に這入つた時は落ち着いたが中々寐られない。時計を見ると十時半だ〉（39左7）は、第一次長州征伐の後、薩摩が長州と同盟したため、孝明天皇の公武合体構想が破綻した話である。

「横竪十文字に振ったら飛んだ輪」とは「丸い輪に十の字」の薩摩島津家の紋所である。「縦横」ではなく「横縦」であるのは「十」の字の書き順である。それが「飛んで」「手の甲をいやと云うほど程撲った」、つまり、薩摩にしっぺ返しをされ、「甲《こう》」、つまり「孝《こう》」の「孝明天皇」が「致命的な打撃を蒙った」のである。時間が「十時半」であるのは、天皇と守護職を裏切った薩摩藩は「十字の藩」である。

「蚊帳《かちょう》の中はぶんぶん唸って」とは、守護している殿上の「机帳《きちょう》」の中で「ふんふん」と鼻息が荒いのは、長州勢を京から駆逐して、恨みを買った「不運《ぶうん》」な会津藩主「松平容保」である。「手燭をつけて一匹宛《ずつ》焼く」とは、「手燭《しゅしょく》」「守職《しゅしょく》」つまり「守護職」を遠征軍に「付け、長州を征伐する」の意であろう。

　ここの「一匹《ひき》」、つまり「一引き」の「二」の「下」には「品」の「∴」があって、「一∴」の「一品」の長州毛利家の家紋の旗印になることは、その直前に〈上品も下品も区別できないのも気の毒なものだ〉（39左1）とあるのでわかる。「二」の「上に∴があるか」「下に∴」の区別できなければ、ここの意味はわからない。

薩摩島津家の家紋

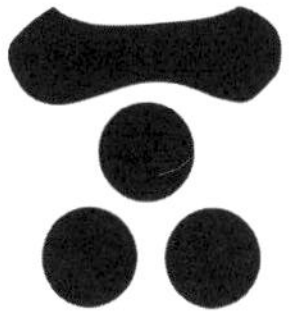

長州毛利家の家紋

『三四郎』（八章五）にも「一品料理の腹を拵《こし》らへて、美禰子の家《いへ》へ行つた」とあるが、諷刺や批判の対象を「家紋」で示唆するのは戯作の常套手段であり、寛政の改革を諷刺した唐来参和作『天下一面鏡梅鉢』は松平定信の家紋「梅」を、田沼意次を平将門に見立てた山東京伝の『将門　秀郷　時代世話二梃鼓』では、七人の姿を持つ将門が首を刎ねられて飛散する七つの玉が田沼の家紋「七曜星」を示唆している。

「足踏」の擾乱

宿直室で「釣り手」に手の甲を打たれた「坊っちゃん」は、〈考へて見ると厄介な所へきたもんだ。一体中学の先生なんてどこへ行つても、こんなものを相手するなら気の毒なものだ。よく先生の品切れにならない〉（40右1）、〈おれには到底遣り切れない。それを思ふと清なんて見上げたものだ。〔…〕人間としては頗る尊い〉（40右4）と唐突に「清」の偉さに気が付く。先に見たように、この「宿直室《しゆくちよく》」は御所のことであるから、「手を焼いている生徒」である徳のない明治政府の重臣たちに腹を立てるにつけ、「気の毒」な「孝明天皇」苦難が忍ばれるのである。ここで、「坊っちゃん」は皇位継承者について「先生の品切れ」と大胆なことを言っている。

こうして〈清の事を考へながら、のつそつして居ると〉（40左2）、頭の上で寄宿生が暴れ出す。この「足踏」事件の部分は、その記述がとくに奇怪であり、わかりにくいが、〈二階が落つこちる程〉（40左3）なので、「殿上」の存亡に関わる大事件、すなわち「孝明天皇」の毒殺を契機とした行動であることがわかる。

〈は、あさつきの意趣返しに生徒があばれるのだなと気がついた〉（40左7）のであるから、この騒ぎは「掃き出されたバッタ」の仕返し、つまり禁門の変で朝敵として追い落とされた長州が、薩摩と同盟し、英国から武器を調達しての逆襲であり、「清」と「山嵐」の公武合体派への意趣返しである。〈気狂ひじみた真似〉（41右2）は、「外国」の「英吉利」のような、つまり「吉《きち》」「外《がい》」じみた真似である。その真似の最たるものが、「どん、どん、どん」のアームストロング砲などの大砲による集中砲撃と、ミニエー銃やスナイドル銃といった殺傷力の高い小銃を用いて一斉射撃を浴びせかける西洋式の戦法を模倣して、「小使」の大村益次郎が採用した密集四列の射ち方である。

〈一二三わあと、三四十人の声がかたまって響いたかと思ふまもなく〉（41左7）とあるのは、「一二《イチニ》の三《サン》」で「わー」と音が「かたまって響く」のは、「前二列膝射ち、後二列立射ち」で行われるこの一斉射撃のことである。

〈三四十人もあらうか〉（40左3）の「人」は後で書き足されているので、原稿では当初「三四十もあろうか」であった。これは「惨死銃もあろうか」とも読める。江戸時代には、卑怯な飛び道具を使う必要悪の戦力として、武士扱いを受けなかった補助戦力である足軽鉄砲隊とは異なり、西洋式に組織され訓練された奇兵隊などの新式鉄砲隊は、卑怯であろうがなかろうが、螺旋施条小銃で敵を効率的に殺傷し殲滅することを目的とした東征軍の主戦力であった。そして、この最新の飛び道具は、鳥羽伏見の戦いで、旧式武器の射程外からの「一二三わあ」の掃射で、幕府軍を圧倒した。「どん、どん、どん」と発射できる「元込め」の大砲と「一二三わあ」の掃射に対して、上から火薬と砲弾を入れる「鍋焼」の「先込め」大筒の「う、ドン」と、新撰組の剣士らによる斬り込みでは、初めから容保率いる幕府軍に勝ち目がなかったのである。

〈長く東から西に貫いた廊下には鼠一匹も隠れて居ない。廊下のはずれを月がさして、遥か向ふが際どく明るい〉（41右8）とは、この「どん、どん、どん」と「一二三わあ」の輩が、何の抵抗もなく西から東の江戸まで、一気に進軍したことを言うのであろう。

〈こん畜生と起き上がつて見たが、馳けられない。〔…〕一足本で飛んできたら、もう足音も人声も静まり返つて、森として居る〉（42右3）とあるが、ここ「一本足」ではなく「一足本で飛ぶ」であるから、「一足飛び」に江戸に来て見ると、上野の森の戦いも、「どん、どん、どん」と「一二三わあ」であっけなく終わり、既に静まり返っていたのであろう。初出も初版も「一足本」であるが、その後の版では「一本足」と編集されている。

〈こんな時にはどうしていゝか薩張りわからない〉（42左6）と言っているように、薩摩が武力倒幕に転向し、長州と組んだこの「薩張《さつちょう》」によって引き起こされた事態に、「馳出し」の少年天皇の「坊っちゃん」は途方に暮れていた。実際、睦仁は戊辰戦争に関わることがなく、その委細については相談も報告も受けげず、何の関与もできなかった。

そして、何も知らされない「蚊帳《かや》の外」の「坊っちゃん」が、「寝たような状態」で紫宸殿にいると、〈夜はとうにあけて居る〉(43左11)、つまり幕藩体制から既に維新政府の体制になっていたのである。だから、〈此侭に済ましては、おれの顔にかゝはる〉(42左8)のであり、天皇の権威が損なわれて〈江戸っ子は意気地がないといわれるのは残念だ〉(42左9)なのである。

そして、この武力倒幕準備が進展していたときに、重大な歴史的事件が起った。それが孝明天皇の突然の崩御である。この緊迫した政治的状況における天皇の急死は、薩長とその勢力の背後にいた英国にとっては全くの僥倖、膠着した局面を打開するのに絶妙な時に起こった実に好都合な事件であった。「公武合体による攘夷」という堅い信念を曲げない天皇に代えて、「小供」の「坊っちゃん」を擁立することによって、薩長の「小者」勢力は「足踏」の集団による「尊皇倒幕」の武力革命に踏み切ることが可能になったのである。

「坊っちゃん」が「気の毒」な「清」のことを考えていたとき、唐突に起こされたこの騒動は、自分の毒殺が「どん、どん、どん」と「一二三わあ」による武力倒幕を行うために仕組まれた謀略であったことを、「坊っちゃん」に伝えるために「清」が仕組んで舞台で見せた霊的な幻想であったのかもしれない。

〈どん、どん、どん、と拍子を取って床板を踏みならす音がした〉（40左4）と書かれているが、こういう場合は「どんどんと」という擬音で表現されるのが普通である。「どん、どん、どん、と」の拍子は能の四拍子のリズムであり、この書き方には妙に音楽的実感がある。能の舞の「足拍子」は、実際にこのようなリズムで床板を踏み鳴らす。「いち、にの、さん、わあ」も、同様に四拍子である。〈すると是音に比例した大きな閧の声が起つた〉（40左5）の「閧の声」とは、このリズムに伴う地謡の声のようにも感じられる。

能舞台には「孝明天皇」の亡霊のシテが現れて、囃子に乗って足拍子を踏んで舞い始めたから、ワキの「坊っちやん」も、〈楷子段を三股半に二階へ躍り出た〉（41右3）、つまり、歴史の舞台に「踊り出た」のである。

「三股半の楷子段」とは、能舞台正面に設けられている三段の「白《しら》州《す》梯《ばし》子《ご》」のことである。「三股半」の「半」は

能舞台。中央の階段が白州梯子（大槻能楽堂 Web サイトより転載）。

梯子と舞台の段差であろう。幕末の騒乱の最中に、「坊っちゃん」は特別な貴人だけが使える能舞台正面の階《きざはし》を昇って、「殿上」の表舞台に立ったのである。

これは急遽践祚《せんそ》された「坊っちゃん」が天皇の座に登ったことを言う。「坊っちゃん」は、「寝巻」、つまり「寝殿の装束」である「親譲りの闕腋袍」で歴史の舞台に上ったのである。そして、翌年の「王政復古の大号令」で、「どん、どん、どん、と」「いち、にの、さん、わあ」で「山嵐」たち幕府軍を圧倒した戊辰戦争を経て、新しい時代、「明治の代《よ》」が明けたのである。

「浮《ぶき》」はないが「糸《ひと》」は余っている

〈君釣りにきませんか〉（45右10）と「坊っちゃん」は「赤シャツ」に誘われる。この「君」は目下の者を呼んでいるのではなく、古風な「大君《おおきみ》」の意味であり、参謀総長が「対露開戦の勅令」を「天皇」に求めたのである。

「坊っちゃん」は〈釣りや猟をしなくっちゃ活計がたゝないなら格別だが、何不自由なく暮らしている上に、生き物を殺さなくちゃ寝られないなんて贅沢な話だ〉（46右4）と乗り気ではない。これは無益に殺し合う戦争への批判であり、開戦に不賛成であった天皇の心情の表明であろう。ここでの「釣り」は戦闘行為であり、「魚を釣る」とは敵兵を殺すことである。〈胴の間へ擲きつけたら、すぐ死んで仕舞つた〉（50左3）〈まだ腥臭い。もう懲り〳〵だ〉（50左6）は、「胴の間《あいだ》に擲弾が当たり、すぐ死んでしまった。腥臭《ちなまぐさ》い。もう懲り懲りだ」と読める。釣れる魚は「ゴルキ」と呼ばれ、「赤シャツ」は、これを「ゴーリキー」に掛けて、〈今日《けふ》は露西亜文学の大当たりだ〉（51左2）などと喜ぶ。つまり、「ロシア軍への大当たり」である。〈金魚のような縞のある魚《さかな》〉（50右10）のゴルキは赤く染まったロシア兵を思わせる。〈湯に染まつた上に赤い縞が流れ出した〉（31左9）のが「赤手拭」だからである。

「赤シャツ」が得意気に「坊っちゃん」に教えるこの極めて奇妙な「釣り方」が、旅順の日本軍の要塞攻略法である。それは「竿」を使わず、「浮き」もない原始的な「糸釣り」であった。

〈糸はあまる程ありますが、浮がありません〉（49右12）と「坊っちゃん」は言うが、この「糸は余るほどある」という言い方には妙な作為が感じられるが、この「糸《いと》」は「ひと」、「浮《うき》」を「ぶき」と読めばその意図に得心がいく。戦場の日本軍は「人《ひと》は余っているが武器《ぶき》がない」のである。「赤シャツ」は「飛び道具」の「竿」を使わない白兵主義者であり、「敵の正面に突進する斬り込みこそが戦《いくさ》の基本」と言うのであるから、この発言によって、「赤シャツ」が、日露戦争の参謀総長山県有朋を投影した狂言役であることがはっきりする。

「敵ハ単ニ射撃ニ依リテ撃滅シウルモノニアラズ故ニ常ニ突撃ヲ実施シ以テ最後ノ勝利ヲ期サザルベカラズ」が、山県が作成させた『帝国陸軍歩兵操典』の要点である。

この不合理極まりない精神論的な戦闘の指針は、太平洋戦争が終わるまで陸軍では生き続け、兵士たちに命を棄てさせる銃剣突撃が繰り返されることになる。漱石は既にこの時点で、前時代的で人命を粗末にする白兵主義を痛烈に批判している。

「武器はないが、人は余っている」は、「兵隊は一銭五厘で内地からいくらでも連れて来られる」の意味である。「一銭五厘」は当時の葉書の郵便料金であり、「召集令状」を送りつける「一銭五厘」が「兵士の命の値段」というこの言い方は、陸軍が人命を粗末にすることの喩《たと》えとして、日露戦争後にもよく使われた[20]。

ちなみにこの「一銭五厘」は、「坊っちゃん」と「山嵐」が「奢る」「受けとらない」と押し付け合い、両者の机の境界に放置されたままにされた「氷水」の金額でもある。

また、「赤シャツ」は〈浮がなくつちや釣りが出来ないのは素人ですよ。かうしてね、糸が水底へついた時分に、船端の所で人差しゆびで呼吸をはかるんです〉（49右12）と自慢する。そうして「赤シャツ」は〈なんだか先に錘《おもり》の様な鉛がぶらさがった丈〉（49右8）の「糸」を「水底に放り込む」のである。この釣りは兵士を鉛の鉄砲玉として突進させる「肉弾攻撃」のことを言っている。兵士が要塞の下に着いた時分に、人差し指で突撃の命令を下すのである。これは山県が実際に行ったことである。

旅順攻略が遅々として進展しないことに業を煮やした参謀総長の山県は、乃木司令官を厳しく叱責し督励した。それも「人差し指」で「ツー・トン」と打電する電信を使ってである。

百弾激雷天モマタ驚ク
包囲半歳万屍《ばんし》横タハル
精神到ルトコロ鉄ヨリモ堅ク
一挙直チニ屠《ほふ》ル旅順城

この電文を「天も驚く雷のように、砲弾を大量に撃ち込んだ。半年もたっているのに、多大な犠牲を出すだけであり、何をもたもたしている。精神は鉄をも貫くというではないか。気合いを入れて旅順の要塞など一挙に潰してしまえ」と読み取ったのが旅順口の乃木である。「失敗すれば今度こそ万死に値するぞ」と恫喝しているようでもある。

第三軍の乃木司令官には曾《かつ》て西南戦争で、連隊の軍旗を奪われた不名誉を山県に譴責され、死を覚悟した過去があった。

また、「赤シャツ」が「人差し指で呼吸をはかる」場所は、原稿では最初「船縁て所」と書

桜田濠の「濠縁」にある参謀本部

かれていたのが、初出の活字では「船縁の所」と書き直されている。当初の「船縁て所」は「船縁《ふなべり》という名前の場所」の意味である。山県が戦場に打電したのは、皇居の「濠縁《ほりべり》」の三宅坂にカッペレッチの設計で建てられた参謀本部からであった。したがって、「船縁《ふなべり》て所」とは「濠縁《ほりべり》って所」である。

「赤シャツ」の「人差し指」の電信による命令は、「坊っちゃん」によって「人差し指」を使ってお返しを受ける。「うらなり」の送別会で「赤シャツ」が送辞を述べている最中に、「坊っちゃん」が〈返電として、人差し指でべっかんこうをして見せた〉（111右5）のがそれである。

また、教員会議の後、「山嵐」に〈よっぽど仲直りしやうかと思つて、一こと二こと話しかけて見たが、野郎返事もしないで、まだ目を剥《むく》って見せたから、此方《こっち》も腹が立って其侭にしておいた〉（92左7）と、「坊っちゃん」は腹を立てるが、このときの「山嵐」も人差し指で「目を剥くって」、「赤シャツ」を揶揄する「赤んべー」をしていたのであろう。

また、「赤シャツ」が愛読しているのは「真赤な雑誌《ざっし》」の「帝国文学」ということになっているが、これは「馬鹿《まっか》」に血塗られた「帝国軍学」であり、これこそが片仮名で書かれた赤表紙の『歩兵操典』である。〈赤シャツの片仮名はみんなあの雑誌から出るんださうだ。帝国文学も罪な雑誌だ〉(51右9)は、「参謀本部の作戦と命令はみんな、あの片仮名書きの冊子《さっし》から出るんだそうだ。兵卒を死に赴かしめる『歩兵操典』とは罪な冊子だ」と読める。

血染めの「赤シャツ」

活字では「赤シャツ」と表記されているが、漱石の原稿での渾名は「赤シやツ」である。この原稿が謡本であるなら、このように平仮名と片仮名の交じった表記があってもおかしくはない。「赤シやツ」は能楽の『舎利』で「山嵐」によく似た「韋駄天《いだてん》」に退治される「足疾鬼」の役回りでもあるが、「疾鬼」は謡本で「しツき」と書かれている。

〈大将例の琥珀のパイプで、きな臭い烟草をふかしながら〉(94右8)〈前任者の時代より成績がよくあがつて〉(94右10)と、「坊っちゃん」の治世を、攘夷主義者の前帝の時代と比較して評価する僭越で傲岸な「赤シやツ」は、夏でも〈フランネルの襯衣《しゃつ》〉（19右3）を着ている「大将」である。このシャツは寒冷地向けの軍服として、日露戦争時に採用されていた。

漱石の小説では「先生」が軍隊の「大将」の隠語として読めることが多いが、『坊っちゃん』も例外ではない。「教頭」は「大将の頭《かしら》」であり、「坊っちゃん」が〈是で教頭が勤まるなら、おれなんか大学総長がつとまる〉（93左4）と言うように、この「大将の頭」が「参謀総長」である。また、「教頭」の「頭」は、「袖の下」にはまった「山城屋」の勘太郎の「頭《かしら》」の意味でもある。

誇り高い古風な武士の「山嵐」は〈自分が馬鹿なら、赤シやツは馬鹿ぢやない〉（106左5）と、「赤シやツ」と同類にされることに抗議する。さらに、「坊っちゃん」が〈赤シやツは腑抜けの呆助だと云つたら、さうかもしれないと山嵐は大に賛成した〉（106左6）のだが、これには理由がある。

有朋《ありとも》は山県の諱《いみな》であり、以前は本名の小助を捩《もじ》って狂介《きょうすけ》を称していた。長州軍が倒幕のために鞠府《まりふ》（防府《ほうふ》）を出発したのは、奇しくも孝明天皇の一年目の命日、慶応三年十二月二十五日であったが、この出陣式に狂介はいなかった。山県は出兵から外され、防府の軍から抜けて郷里で新婚生活を送っていたのである。「腑抜け」が「府抜け」で、「赤シやツ」を「腑抜けの狂介」と呼ぶ「坊っちゃん」に、「山嵐」は「そうかもしれない」と同感したのである。

維新後、この山県有朋によって庶民を兵士に仕立て上げる徴兵制が導入されたのであるが、明治六年十二月二十八日に公布された徴兵令の告諭の文言が物議を醸した。

凡ソ天地ノ間、一事一物トシテ税アラサルハナシ。以テ国事ニ充ツ。然ラバ則チ人タルモノ、固ヨリ心力ヲ尽シ国ニ報セサルヘカラス。西人之ヲ称シテ血税トイフ。其生血ヲ以テ国ニ奉スルノ謂ナリ。

ここにある「血税」「生血」が誤解を招き、民衆が騒いだのである。「政府は徴兵卒の血で葡萄酒をつくり、外国人に振る舞っている」とか、「旭日旗、毛布(21)、帽子の側部の赤色は兵の血で染める」との妄言が飛び交い、国民皆兵制に反対する薩摩閥などの勢力はこの騒ぎを利用して山県を攻撃した。

このような経緯があったので、「赤い軍服」を嗜好する「赤シャツ」は、まさに兵士の血で染まっている「山県有朋」なのである。「坊っちゃん」がぶら下げて湯に通い、「湯壺」で「赤く染まった赤手拭」も、この生血で染まった「旭日旗」なのであろう。

砲艦外交の「野だいこ」

「赤シャツ」に劣らず「坊っちゃん」が最も嫌悪するのは「工作」が得意な画学教師の芸人「野だいこ」こと吉川である。この「野だ」は「赤シャツ」と結託して陰謀をめぐらす悪者であり、能楽の舞台では狂言のアイとしてワキに絡む悪鬼の役回りである。

この渾名の由縁を、「野」の「太鼓持ち」つまり、もぐりの「幇間」だと「坊っちゃん」は言うが、〈巾着切りの上前〉(76左10)をはねるような「野だいこ」は、「赤シャツ」の腰巾着であり、成り上がり者の権力者を巧みにおだてて操り、金を巻き上げる厚顔で強欲な男である。狡猾さでは「赤シャツ」より数枚上手《うわて》である。それは、骨董責めの「いか銀」の下宿を「坊っちゃん」が引き払った翌日に、〈入れ違に野だが平気な顔をして、おれの居た部屋を占領した事だ。さすがのおれも是にはあきれた〉(76左5)とあることでもわかる。

「平気」つまり「兵器《へいき》」で脅して、他国を占領して居座るのが「野だ」の手口である。「野の太鼓持ち」とは単なる「幇間《ほうかん》」ではなく、「砲艦《ほうかん》」であり、「砲艦外交」の「外交」の「外」を「野」にした「野交幇間」という際どい渾名である。つまり、「野だ」の正体は、西洋列強の中で最も強引で老獪な「砲艦外交」で知られる英国の工作員ということである。

〈野だは大嫌だ。こんな奴は沢庵石をつけて海の底へ沈めちまふ方が日本の為だ〉（57左9）と、七つの海を支配する英国人を罵倒するのが「坊っちゃん」である。「着ける」のが「漬ける」「沢庵石」であるのは、『趣味の遺伝』で「石を置いた沢庵の如く積み重なって」と書かれている旅順の壕の中の戦死者たちの死体と、工作教師「野だいこ」の「工作」が無関係ではないからである。

　魚を釣り落とした「赤シャツ」の不首尾を、〈どうも教頭の御手際でさへ逃げられちや、今《け》日《ふ》は油断が出来ませんよ。然し逃られても何ですね。浮と睨めくらをしている連中よりはましですね。丁度歯どめがなくっちゃ自転車へ乗れないと同程度ですからねと野だは妙な事ばかり喋舌る。よっぽど撲りつけてやらうか思った〉（49左7）と「坊っちゃん」が怒るのも無理はない。

　ここの「妙な事ばかり」は「妙な事謀《ことばか》り」の「陰謀」であり、「浮《ぶき》と睨めくら」とは「武器《ぶき》と睨めっこ」である。この奇妙な言い草を勝手に翻訳するなら、「参謀総長の御手際でさえロシア艦隊には湾内へ逃げ込まれましたね、今は油断ができませんよ。しかし、逃げられても何ですね。お互いに武器をもって睨み合って戦力を均衡温存させ、戦争には踏み切れない欧州列強より、ロシアと戦争を始め、旅順口の要塞に突撃を敢行している日本軍のほうがましですね。軍拡競争に歯止めがないと戦争ができないというのは、丁度歯止めがなくっちゃ自転車へ乗れない臆病者と同程度ですからね」であろう。つまり、英国人の「野だ」はロシアとの戦争で武器を売り、火中の栗を「坊っちゃん」に拾わせようとすることを謀《ばか》っているのである。「野だ」のこの言は、それが〈命より大切な栗〉（1左9）であったから、「天皇」として火中にあっても敢えて拾わなければならなかった「坊っちゃん」の苦衷を揶揄して憚らないも横暴なものである。だから、「坊っちゃん」は「撲りつけてやろう」と思ったのである。

「野だいこ」は「赤シャツ」と一緒に、「坊っちゃん」に成敗されるとき、「生卵八個」を投げつけられて顔が卵だらけになる。卵は「赤シャツ」に向けては一個も投げられないから、この生卵は英国人の「野だ」を狙って投擲されたもので、「生麦、生米、生卵」の連想からくる「生麦事件」の意趣返しであろう。参勤交代行の列の前で下馬しなかった英国商人たちが薩摩藩士に斬られたのが「生麦事件」であるが、この事件は、国際法的には、現地の法に従わなかった英国人に非があった。しかし、砲艦で脅かされた幕府は薩摩藩が請求された賠償金を立て替えさせられたのである。

「野だ」の苗字の吉川は、原稿では当初「加藤《かとう》」であった。「坊っちゃん」は〈野だの顔はどう考えても劣等だ〉（65左1）とも言っているが、「一等」国を自負する英国を「下等《かとう》」で「劣等」な「毛唐《けとう》」と言いたかったのであろう。「加藤」が「吉川」に書き換えられたのは、「英吉利《イギリス》」の「吉」を取って、「野だ」が英国人であることをより具体的に示すためであったと考えられる。

一八七九年、天皇睦仁は、第十八代米国大統領であったグラント将軍の訪問を受け、意気投合して三回も親しく語り合った。その際、将軍は睦仁に英国の老獪で狡猾な外交に注意し警戒することを忠告したと言われる。

「下司《げす》」の「外人《げーにん》」

「野だ」は英国人であるから、その言葉の語尾に使う「げす」は、「下司《げす》」の意味と、「I guess《ゲス》」がかけられたものであろう。

また「野だ」は〈糸丈でげすと顋を撫で、黒人じみたことを云つた〉(47右7)とあるが、この「黒人」は、「玄人《くろうと》」の意味であるが、(22)ここは「玄人」でもない「白人」が「糸だけ《ひと》」、つまり「人だけに限ります」などと言って、「黒人」を人扱いしないで奴隷にしたことを言っているのであろう。英国の植民地政策は、西アフリカなどで部族同士を敵対させて戦わせただけでなく、特定の新興勢力に肩入れして最新の武器を供与し、その代金を払わせるために奴隷狩りをさせたような「分割統治」が基本であった。日本において、「薩長」の下層武士団という辺境の勢力に肩入れして最新の兵器を売りつけて内乱を「事謀り」した英国の思惑は、他のイ

山崎高等洋服店（写真の右の建物。左は服部時計店）

ンドなどの植民地と同様に日本をその伝統的支配方法によって支配することにあったようである。

英国人への鉄拳制裁で「坊っちゃん」が「野だ」に次々に生卵を擲きつけて〈蓄生、此蓄生〉（147右1）と言って成敗すると〈野だは顔中黄色になった〉（147右2）のは、黒人や黄色人種を差別し、アフリカ人やアジア人を畜生扱いして隷属させて支配してきた英国人の顔が、「坊っちゃん」の「八つ」の卵が潰れて「黄色《おうしょく》」に変わったということである。

この「生卵八つ」の攻撃が、ロンドン滞在時に差別で不愉快な思いをさせられた漱石の鬱憤晴らしであれば、「これが本当《ほんと》の八つ当たり」である。

また、「坊っちゃん」は、「赤シャツ」の家の玄関で、座敷から聞こえてくる声を耳にして、〈野だでなくては、あんな黄色い声を出して、こんな芸人じみた下駄を穿くものはない〉（100左6）と言う。ここでもやはり

「黄色」である。この芸人じみた下駄は〈畳付きの薄っぺらな、のめりの駒下駄〉（100左5）であるが、「芸人《げいにん》」は「外人《げーにん》」であり、「のめり」は「滑《ぬめ》り」「滑《なめ》し」と読めるから、「野だ」の下駄とは、「外人の穿くような折り返しを畳《たた》んだ、薄いなめし革の乗馬靴」である。着ているものも、「全く外人じみて」、〈べら〳〵した透綾《すきや》の羽織を着て〉（20右8）いる。「べら〳〵した羽織」とは、裾が「二つのへら」になって「べらべら」している燕尾服のことであり、「透綾《すきや》」は「数寄屋《すきや》」である。当時の数寄屋橋を代表する洋風の建物と言えば、服部時計店と燕尾服を陳列していた山崎高等洋服店であった。

旅順ノコトハ記述スベカラズ

釣りの場面で「赤シャツ」が「野だ」と船上でひそひそと始めた密談の内容は、大勝利と喧伝する大本営発表の裏に隠蔽された真実である。公表されなかった旅順の凄惨な攻防戦の犠牲のことは、天皇にも正確に報告されていなかった。伏せられた事実の断片を小耳にはさんだ「坊っちゃん」は、自分が愚弄され批判されていると思って激怒する。

〈話すならもっと大きな声で話すがいゝ、又内緒話をする位なら、おれなんか誘はなければいゝ。いけ好かない連中だ。バッタだらうが足踏だらうが、非はおれにある事ぢやない〉（53右

2）と「坊っちゃん」が憤慨するのは「赤シャツ」のところに「マドンナ」が現れる事情、つまり「旅順」で何が起っていたかを隠し、またその責任の所在を明らかにしないからである。「形ばかりの尊諮を整え、天皇の名前で戦争を始め、天皇の名前を使って将兵を犠牲にした上、都合悪いことを隠蔽して責任逃れをするな」と言いたいのである。

日露戦争中、天皇は戦況の細かいところにまで気にかけ、御所の「学問所」に一日中詰めて、戦況の報告を待ち、大机の前で一人「ぽつ然」としてことは既に述べたが、参謀本部から毎日遣わされる連絡将校に対し、納得するまで質問をやめなかったことも伝わっている。

しかし、参謀本部は旅順攻防の惨状の事実を報告しなかっただけでなく、多くの兵士を殺した「皆屠屋《みなとや》」の伊地知参謀長の責任を問いもしなかった。

『坊っちゃん』が発表された年に陸軍参謀本部が作成した『日露戦史編纂綱領綴』の「史稿審査に関する注意」には、参謀本部第四部長によって「戦闘ニ不利ノ結果ヲ来タシタルモノハ潤飾スルカ又ハ相当ノ理由ヲ付シテソノ真相ヲ暴露スヘカラス」とあり、とくに旅順の戦いについては「記述スヘカラス」と指示されている。(23)

参謀本部は「幽魂」となった者たちの真実を意図的に隠蔽したのであり、「赤シャツ」が〈よく嘘をつく男〉(93左4)であったのは紛れもない事実であった。だから、兵士たちは死んでも死にきれず、この夢幻能では、その迷える霊が旅順の悲劇を闇に葬り去ろうとした「馬鹿《まつか》な嘘つき」の「赤シャツ」に取り憑くのである。

バッタだろうが足踏だろうが

「坊っちゃん」が「赤シャツ」こと、「キリギリス」の「参謀総長」が関わる事件について言う〈バッタだらうが足踏だらうが、非はおれにある事ぢやない〉（53右5）の「足踏」の語は、原稿から活字にされた段階でなぜか「雪踏《せった》」に変えられている。「バッタ」「セッタ」という語呂合わせを整えるためとも言われているが、「バッタ」も「足踏」も寄宿生の行った悪戯であるから、原稿の「足踏」をわざわざ「セッタ」に変更する必然は全くない。しかも「雪駄《せった》」ではなく「雪踏《せった》」として「踏」の字を残した当て字になっている。なぜ「雪踏」の文字が選ばれたのか、それが『坊っちゃん』編集の最大の謎だとも言われている。(24)

幕末から明治維新にかけて「足踏《あしぶみ》」と言えば、西洋式に調練された歩兵の足の運びのことであった。(25) 兵隊が鉄砲を担いで足並みを揃えるのが「足踏」である。陸軍では行進の開始には「足踏み始め」の号令をかけた。これを最初に導入したのが高杉晋作の奇兵隊など長州の諸隊である。踏み出す足と同じ側の上半身が前に出るのは、「なんば」と呼ばれる歩行であるが、この「なんば」を摺り足で行うのが武術の基本であり、これを美しい歩き方と考えていた江戸時代の伝統的意識と真っ向から対立し、江戸っ子から馬鹿にされたのが西洋式「足踏」である。「足踏」は足と腕の振りが左右逆になる「オポジション（opposition）」の形で足を踏み出す。この動きを洗練の極致に様式化したのがバロック、ロココの舞踏、つまりヴェルサイユの宮廷舞踏であるが、そのような西欧の文化や美意識とは全く縁がなく、日本の武術の心得すらなかった田舎の庶民のにわか仕立ての洋式軍隊の「足踏」である。体格が揃わず、姿勢も悪く、腰が据わっていないため、堂々とした姿勢での優雅な行進など期待すべくもない。鉄砲を担いで屁っぴり腰で足を踏む貧相な集団を見た当時の人々は、その余りにも珍妙な集団動作に笑い転げたと言われる。剣術や舞、舞踊で美意識を磨いた江戸の武士と粋人の目から見れば、筒股引きの田舎者の俄《にわか》仕立ての軍隊が「足踏」をする様は見るに堪えず、不快で違和感があり、軽侮と否定の対象以外の何物でもなかったことは想像に難くない。この「足踏」を真似た狂言の滑稽な動作にして舞台で演じるなら、観客を抱腹絶倒させることができよう。

自筆原稿の「バッタ」と「足踏」の「足踏」が、編集の段階で「雪踏《せった》」に変えられたのは、「キリギリス」の語そのものを使わない工夫が施された「バッタ」に比べて、出自が「足軽」以下の「足踏」の陸軍首脳に対する諷刺が余りにも露骨で過激であるため、編集者の高浜虚子がそのままでは具合が悪いと考え、更に捻《ひね》りを利《き》かせ、山県の雅号「含雪」を「足踏」に結びつけて「雪踏」という当て字にしたのではなかろうか[26]。

ちなみに、下宿の婆さんの話ではあるが、〈赤シャツさんが、あしは約束のあるものを横取りする積はない。〔…〕と御云ひよるき〉(80左12)とあるように、「赤シャツ」は自分のことを「あし」と呼んでいる。

乗じられた前任者

「赤シャツ」が隠しているのは旅順の犠牲者のことだけではない。釣り船での「赤シャツ」と「野だ」が密談した内容は、とても「坊っちゃん」の耳には入れられないもうひとつの悪辣な謀略のことであった。ちょうどその時、「坊っちゃん」は、何故か「清」のことを思い出し、〈おれは空を見ながら清のことを考へて居る〉(52右1)のである。これはシテの霊が及ぼした作用であろう。そして、その謀略とは以前に「清」が暗示した暗殺のことである。それで「坊っちゃん」は「清」と「野だ」を直接比較して〈清は皺苦茶だらけの婆さんだが、どんな所へ連れて出たつて恥ずかしい心持ちはしない、野だの様なのは、馬車に乗らうが、船に乗らうが、凌雲閣にのらうが、到底寄り付けたものぢやない〉(52右4)と言う。誇り高い攘夷論者であった父の「孝明天皇」が、「砲艦外交」の「幇間」である「野だ」を「寄り付かせなかった」ことを誇らしく思ってのことである。ここで畳みかけられる「乗ろう」は、〈さ、そこで思わぬ辺から乗ぜられる事があるんですから、気を付けないといけないと云ふんです〉(55左11)、〈現に君の前任者がやられたんだから、気を付けないといけないと云ふんです〉(56右1)と「坊っちゃん」に脅しをかけた「赤シャツ」の言葉にある「乗ぜられた前任者」が「清」のことであり、「乗じた」のが「野だ」であることを伝えるものである。

一八六六年に英国を中心とする英仏蘭米の四国が、幕府が結んだ条約を承認する勅許を求め、軍艦を京に近い大阪湾に集結させて脅しをかけてきたことがあった。まさに絵に描いたような砲艦外交である。孝明天皇は条約締結を認めざるを得なくなったが、兵庫開港だけは留保された。そのため、英外交通訳アーネスト・サトウは、この兵庫開港の期限の一八六八年元旦までに、諸藩にも自由な交易をさせることを求める『英国策論』を、この年の三月十六日の英字新聞に投稿した。天皇が急死したのは、まさにこの年の十二月であり、翌年一月に「坊っちゃん」が即位し、五月に兵庫は開港された。その直後の八月十八日、サトウは長崎で長州の木戸孝允と伊藤博文に会い、藩主たちによる議会を設けるという徳川慶喜の建議を「婆さんの理屈だ」と一蹴し、薩長による倒幕の軍事行動を促した。サトウの言う「婆さんの理屈」とは、孝明天皇が固執した攘夷公武合体論のことである。

「清」が「皺苦茶だらけの婆さん」であるのは、「皺」を「死は」、すなわち「死は苦茶《にがちゃ》」と読ませて、毒を盛られた「孝明天皇」であることを暗示しているのであろう。「坊っちゃん」

は、実際にその枕頭に控えていたのであるから、尋常でない父の急死に暗殺の疑いがあることは当然承知していた。それは開国を迫る外国勢力あるいは、その尻馬に乗る倒幕派の陰謀であるとか、逆に、通商条約に勅許が与えられることに危機感を抱いた過激な攘夷派の仕業であるとかいう噂も耳に入っていたはずである。

「馬車」に乗り、「蒸気船」に乗るのは西洋人であり、「凌雲閣」は英国人ウィリアム・K・バルトンの設計で建てられた高層建築であるが「清」は雲の上の天皇であるから、「凌雲閣」の英国人などには及びもつかないのである。

第四章　「山嵐」と「うらなり」

朝敵の汚名

〈世の中には野だ見た様に生意気な、出ないで済む所へ必ず顔を出す奴も居る。山嵐の様におれが居なくちや日本が困るだらうと云ふような面を肩の上に載せてる奴も居る〉（85左9）とは、「坊っちやん」による「野だいこ」と比較した「山嵐」の人物評である。前者の「野だ」とは、既に述べたように、世界の各地で政治介入し、武力を行使して植民地にしてきた英国人を指す。

英国は、幕末の日本において、孝明天皇の朝廷と幕府の公武合体論の攘夷派を潰すために、薩摩と長州を同盟させて武力倒幕に向かわせた。その意味で、工作教師の「野だ」は、まさに「生意気な、出ないで済む所へ必ず顔を出す奴」である。この英国から最新の武器を得た薩長の前面に、〈強情な〉(105左3)士魂で立ち塞がったのは京都守護職の会津藩主である。天皇と幕藩体制を守る盾となり、最後まで戦ったこの会津藩主「容保《かたもり》」が、「おれが居ないと日本が困る」という「面《おもて》」を「肩の上に載せて」いる「肩載《かたの》り」の「会津っ保《ぽ》」、「山嵐」である。

容保の会津藩は、戊辰戦争で薩長軍に敗れた後、「錦の御旗」に逆らった賊徒として朝敵の汚名を着せられ、とくに長州からは執拗で苛烈な報復を受けた。藩士の多くが戦いで犠牲になっただけでなく、維新後も筆舌に尽くせない塗炭の苦難を強いられた会津藩の主である。だから「山嵐」は不倶戴天の敵である長州の「山県」との関係を、〈おれと赤シやツとは今迄の行懸り上到底両立しない人間だが〉(138左7)と言うのである。

〈赤シやツが此所《こゝ》へ一度来て来れなければ、山嵐は生涯天誅を加へる事は出来ないのである〉(141左10)としても、八日もの間「枡屋」の障子穴から見張って粘り強く待ち伏せ続けた「山嵐」の執念は尋常ではなく、自分に朝敵の汚名を着せた長州人の頭「赤シやツ」への遺恨と、戊辰戦争以後、「赤シやツ」たちから受けた会津の人々の屈辱に対する強い自責の念がそれほどまでに強かったということであろう。

幕末の京の治安維持に努め、長州勢を駆逐して天皇の御所を守った松平容保は一八九三年(明治二十六年)に五十七歳で亡くなった。したがって、日露戦争当時に参謀総長の「赤シやツ」に誅戮を加えることはできない。それが出来るのは、「山嵐」もまた冥界から来た亡霊であるからである。生前に京都守護の職を奪われたように、亡霊の「山嵐」も「赤シャツ」の謀略による乱闘に巻き込まれて免職され、〈職員一同に告別の挨拶をして浜の港屋迄下がつた〉(140左11)のであるが、「告別の挨拶」は普通葬儀でなされるものであるから、冥界へ還って行く「山嵐」の別れの挨拶は「告別」なのであろう。

　幕末の松平容保は、孝明天皇の葬儀の後、京都守護職辞退を願い出たものの、朝廷からも幕府からも許されず、鳥羽伏見の戦いから戊辰戦争に巻き込まれて、薩長軍の矢面に立つことになった「不運」の藩主であった。

「山嵐」の渾名は、「山県の支配体制を荒らす」という意味もあろうが、脇能の演目『嵐山』を借り、この縁起物の題を逆にしたものであるかもしれない。

『嵐山』は、吉野から移植した千本の山桜が見事に咲いたため、吉野の「木守神」「勝手神」「蔵王権現」が現れ、この満開の花の下で舞って春を喜ぶ目出たい演目であり、「各々嵐の山に攀じ登り、花に戯れ梢に翔りて、さながらここも黄金の峯の、光輝く千本《ちもと》桜の、栄ゆる春こそ久しけれ」と言祝《ことほ》ぐものである。

「山嵐」に対する〈利いた風のことをぬかす野郎だ〉(64右1)との「坊っちゃん」の言にある「利いた風《かぜ》」は、桜を散らす「山の風」の「嵐」のことであるのかもしれない。

「山嵐」は多くの藩士を死なせなければならなかった藩主であったため、戦場で無念の死を遂げた兵士たちの心を真に理解できる。それで旅順口の「幽魂」たちは「山嵐」に全幅の信頼を寄せたのであろう。「赤シャツ」に殺された若者たちにとって、生前に「赤シャツ」と戦い、ひどい目にあわされた誇り高き敗者の霊魂以上に信頼できる者はいないからである。

教員会議の「山嵐」は、騒乱を起こした寄宿生の厳罰を求め、〈教育の精神は単に学問を授ける許りではない、高尚な、正直な、武士的な元気を鼓吹すると同時に、野卑な、軽躁な、暴慢な悪風を掃蕩するにあると思ひます〉(71左8)と主張する。この「高尚な、正直な、武士的な元気の鼓吹」が幕藩体制を立て直す公武合体の実現に命をかけた容保の信念である。「野卑で、軽躁で、暴慢で悪風の掃蕩」とは、池田屋事件や禁門の変、長州征伐で「山嵐」が断行した長州勢の処断のことであり、延《ひ》いては軽薄な西洋かぶれに堕した明治政府の者たちを一掃したいとの思いであろう。二度の幕府軍の征伐に耐えた長州軍は、その後、戊辰戦争で攻守逆転して会津を攻略したとき、報復のため、会津方の戦死者の埋葬を禁じて野晒にして放置にさせた。「山嵐」が「堀田」を名乗っているのは、この残酷極まりないこの「埋葬禁止」の仕打ちを受けたことを忘れないためであろう(27)。

序章でも触れたように、「堀田」の字は「士」「尸」「出」「田」から成り、「士屍出田」、「武士の屍体が田に出《いず》る」と読める。生徒の乱闘に巻き込まれた「山嵐」の「面」は、〈鼻に至つては紫色に膨張して、掘つたら中から膿みが出さうに見える〉（134右10）のであるが、「掘ったら」は「放ったら」「堀田」に掛けられ、「鼻に至る」は「畠の艸」「畠の草《くさ》」に「至る」であり、「田畑に戦死者を放ったらかしにして紫色に膨張させて艸《くさ》らせるに至ったこと」を非難している。したがって、「山嵐」が言うところの警戒すべき「随分妙な人」とは、言うまでもなく、戦死者たちの霊を冒涜する非道な処置を強要した長州人の頭目の「赤シャツ」である。

「山嵐」の「面」

冥界から来た亡霊の「山嵐」も面《おもて》を付けて舞台に現れる。「おれが居なくちゃ日本が困るだろうと云ふような面」とはこの面《おもて》のことである。

〈桝屋の面二階に潜んで、障子へ穴をあけて覗き出した〉（141右1）の「面二階」は、少し前のところでは〈表二階をかりて、障子へ穴をあけて、見て居るのさ〉（125右7）と書かれているから、「面」は「面《おもて》」と読める。これによっても、「山嵐」の「面」とは、能楽で亡霊を演じる能役者が着ける面《おもて》であることがわかる。また、外を覗く「障子穴」に喩えられているのが能面の目の孔である。

〈おれと山嵐は一生懸命に障子へ面をつけて、息を凝して居る〉（142左12）では、「面《おもて》を着けて」

と言っている。

「山嵐」は、忠義に殉じて国に尽くす誇り高い古武士を演じているときは、面《おもて》を着けているが、面の下の素顔の「容保」が現れることもある。そのような人間的な感情が出たところは「顔」になっている。漱石の文字の使い方とその表現の芸は細く、しかも法則に則って一貫している。

〈山嵐は妙な顔をして居た〉(25右5)や、〈小日向の養源寺の座敷にかゝつてた懸物は此顔によく似て居る。坊主に聞いて見たら韋駄天といふ怪物ださうだ〉(65左2)が、「山嵐」が「素顔」を見せるところである。

怪物の「韋駄天」は面《おもて》であってもよさそうであるが、〈おい有望々々と韋駄天のような顔は急に活気を呈した〉(142右5)と「活気を呈す」のは表情がある顔であるからであろう。

韋駄天走りで「足疾鬼《しつき》」を追い詰め、奪われた舎利を奪還するのは、能楽『舎利』の「韋駄天」である。この舎利は京都東山の泉涌寺《せんにゅうじ》のものであるから、この寺の舎利殿には今も韋駄天の像が置かれている。

「山嵐」と「韋駄天」に共通するのは、強奪されそうになった極めて大切なものを守護した功績である。韋駄天が舎利を奪い返したように、松平容保は命を懸けて、御所から長州に強奪されようとした孝明天皇を守った。八月十八日の政変、池田屋事件、蛤御門の変で長州勢力を京から追い払った時の「山嵐」は、「足疾き鬼の、いつしか今は、足弱車の力も尽き、心も茫々と起き上がりてこそ、京を落ちて失せにけれ」の心持ちであったであろう。「足しツき」の「足弱車」が「足搦め」の「足踏」、「足軽」の「赤シャツ」に通じる。

「赤シャツ」が「うらなり」への送別の辞を述べているとき、〈向側に坐って居た山嵐がおれの顔を見て一寸稲光をさした〉(111右4)の「稲光がさす」のは、『舎利』のワキの台詞「不思議やな俄に晴れたる空かき曇り、堂前に輝く稲光」を引いたものである。

「清」の墓がある「御寺《おてら》」の「養源寺」には「山嵐」に似た怪物の「韋駄天」の懸物がある。したがって「養源寺」とは「御寺《みてら》」泉涌寺のことである。孝明天皇陵は、この「韋駄天」が守る泉涌寺の裏の「北向きの山上《さんじょう》」にあることは既に述べたが、ここに天皇の墓があることは政治的に少々微妙な問題である。

東山《とうざん》泉涌寺は「御寺《みてら》」と呼ばれる天皇家の香華院である。そこには後堀河天皇と四条天皇の他、後水尾天皇以降の歴代天皇を葬った月輪陵があり、寝殿造りの霊明殿には天皇家代々の位牌が祀られている。「坊っちゃん」は兄と〈十日に一遍位の割

韋駄天がつける「天神」の面

足疾鬼がつける「顰《しかみ》」の面

で喧嘩をしていた〉（4右3）と言っているが、これは親王として行った「香華」つまり「献花《けんか》」のことであろう。泉涌寺の月輪陵と霊明殿には、毎月代参による宮中からの献花が行われ、その伝統を受け継ぐのが月輪未生流の華道である。しかし、この香華院の存在には矛盾がある。皇祖を天照大神《あまてらすおおみかみ》の直系の神武天皇とする皇統論に拠って「天皇は神にしあれば」と言うのであるなら、何も仏の力を借りて代々の天皇の冥福を祈る必要はない。御寺《みてら》という仏教施設は不要であり、法隆寺や東大寺などの天皇や皇族が建立した諸仏教寺院も慰霊には無用の施設であったということになってしまう。

維新後に明治政府は中央主権の強化のための国家神道を確立すべく、廃仏毀釈によって各地の仏教寺院を打ち壊そうとした。その一方で、歴代天皇の位牌を守る寺を存続させ、そこでは神であるはずの天皇の葬儀が執り行われ、孝明天皇の墓もこの御寺《みてら》に設けられた。明治政府の神道による祭政一致の中央集権政策には当初から綻《ほころ》びがあったと言うべきであろう。

「山嵐」にとっての御坊っちゃん

明治藩閥政府は幕末から戊辰戦争にかけて敵対した会津藩主を朝敵に貶《おとし》めるため、容保が京都守護職として孝明天皇を守った実績を歴史から消し去ろうとした。「赤シャツ」が「山嵐」

のことを、生徒を煽動して「バッタ」と「足踏」で嫌がらせをした敵だと「坊っちゃん」に思い込ませただけでなく、謀略により生徒の乱闘に巻き込んで、新聞沙汰にして、学校からこの「会津っぽ」を追い払った事件には、明治政府によるこの歴史改竄の事実が反映されている。「山嵐」には、暴力的革命勢力や暗殺者が跋扈する京の治安を回復させ、禁門の変の市街戦では、京の大半を焼いた無法な反政府武装勢力を追い払って体制と天皇を守ったという自負がある。戊辰戦争で会津藩士たちを犠牲にし、その家族や領民にも苦難を負わせる結果となったのは、「おれが居なくちゃ日本が困るだろうと言う」その使命感と正義感のためであった。それだけに、会津に着せられた不当な朝敵の汚名は、「山嵐」にとって実に無念極まりないものであった。

〈今日《けふ》は怒ってるから、眼をぐる〳〵廻しちや、時々おれの方を見る〉（65左5）のは、「坊っちやん」と世間に誤解されている無念さ故であろう。この「眼をぐるぐる廻す」「山嵐」は、『嵐山』の「大飛出」の面《おもて》を着けているようでもある。

会津藩の降服後、錦の御旗に刃向かったとして捕えられた松平容保は、逆賊として葬り去られようとしていた。しかし、一八九三年（明治二十六年）、病に倒れた容保の許《もと》に、天皇睦仁から見舞が届けられた。それは天皇が滋養のために愛飲していた牛乳であった。曾《かつ》て京で命懸けで仕えた孝明天皇の御坊っちゃんのこの好意に、容保は甚《いた》く感激したと伝えられる。〈数学な

「大飛出」の面

んて役にも立たない藝を覚えるより、六百円を資本《もとで》にして牛乳屋でも始めればよかつた〉（77右2）と言う「坊っちゃん」らしい気遣いである。

〈こゝへ来た時第一番に氷水を奢つたのは山嵐〉（59右3）と「坊っちゃん」が言う「氷水」は、「坊っちゃん」に再会した「山嵐」が真っ先に行ったお返し、生前の牛乳へのお礼である。だからこの夢幻能の舞台に現れた「容保」の氷水は、「一銭五厘」に過ぎなくても〈百萬両より尊い返礼〉（59左10）なのである。

能舞台では「氷」を表す小道具に銀を用いる。銀は毒に反応して変色するから、「清」の毒殺の悲劇を知る「山嵐」は、「坊っちゃん」を「毒殺」から守るために、銀の「氷水」を「一番に奢った」のであろう。

夢に現れて「笹飴」を〈笹ぐるみむしやむしや食って居る〉（15右12）「清」に「坊っちゃん」が〈笹は毒だから、よしたらよからうと云ふと、いえ此笹が御薬でご御座います〉（15左1）と、「清」は「毒」に対する「薬」が「笹《ささ》」だと答えるが、確かに「酒《ささ》」は「百薬の長」であり、これを生前の「清」に奢ったのも他ならぬ「山嵐」である。「牛乳」の返礼に奢った「氷水」は、「孝明天皇」に毒に対する薬を贈った「山嵐」ならではの「坊っちゃん」の身を案じた配慮である。

越後の「酒瓶《ささがめ》」

田舎へ出立する時、越後の「笹飴」の土産を「清」に所望された「坊っちゃん」は、〈越後の笹飴なんて聞いた事もない。第一方角が違ふ〉（12左9）と当惑する。しかし、夢枕に立った「清」が「むしゃむしゃ」食べたのが「笹」であることを考えれば、「笹飴」が何であるか想像できよう。「清」は熊猫《パンダ》ではないから、「竹の葉」は食べない。「笹《ささ》」とは、孝明天皇が大いに好んだ「酒《ささ》」のことである。「坊っちゃん」は父が所望した越後の「酒瓶《ささがめ》」を「笹飴《ささあめ》」と聞き違えたのであろう。松平容保は越後の「酒」を孝明天皇に献呈したことがあったが、天皇はこの名酒をたいへん嘉《よみ》したと伝えられている。当時、御所の酒と言えば、酒粕か酢に近いような代物《しろもの》であったため、初めて賞味した本場の酒に天皇はいたく感銘を受けたのである。しかし、ここで「酒《ささ》が薬」と言った「清」の真意は、その贈り主の「会津武者《むしゃ》」の霊が「坊っちゃん」を守護してくれていることを息子に伝えるためであったのかもしれない。

〈清と山嵐は固より比べ物にならないが、たとひ氷水だらうが、甘茶だらうが、他人から恵を受けて、だまつて居るのは向ふを一と角の人間と見立てゝ、其人間に対する厚意の所作だ〉（59左4）とは、孝明天皇と松平容保の「固く」保たれた信頼関係について述べたものである。

〈おれがあきれ返つて大きな口を開いてハ、、、と笑つたら眼が覚めた〉（15左3）のは、「口」に「笹の葉ヽヽヽ」、つまり「酒瓶《ささがめ》」と「氷水」の守護霊「山嵐」が「旅順口」に現れているという意味であろう。

しかし、奢ってから何日も経って、「山嵐」は「坊っちゃん」から唐突に、〈おれは君に氷水を奢られる因縁がないから、出すんだ。取らない法があるか〉（62左7）と代金を突き返される。この氷水は宿世の因縁の返礼であり、「容保」としては、毒殺からその身を守って欲しくて「坊っちゃん」に渡した「銀」であるから、その代金を受け取る訳にはいかない。それで、頑固で負け惜しみの強い二人は「一戔五厘」を押し付け合ったのである。

そもそも、「坊っちゃん」が「山嵐」を誤解したのは、釣り船の中での「赤シャツ」と「野だ」の密談の断片を耳にしたからである。

〈「又例の堀田が……」「さうかも知れない……」「天麩羅……」「ハ、、、、」「……煽動して……」「団子も……」〉（52左10）の、「天麩羅」「団子」「ハ、、、、」を自分に対する揶揄嘲笑と勘違いしただけでなく、「山嵐」が「生徒を煽動した」と思い込んだのである。

さらに、〈そこで思わぬ辺から乗ぜられる事があるんです〉（55左11）、〈現に君の前任者がやられたんだから、気を付けないといけないと云ふんです〉（56右1）と恫喝された「坊っちゃん」は、〈僕の前任者が、誰に乗ぜられたんです〉（56右7）と「赤シャツ」を詰問する。これに〈だれと指すと、其人の名誉に関係するから云へない。又判然証拠のない事だから云ふと此方の落度になる〉(56右8)と「赤シャツ」が言葉を濁したことも、「坊っちゃん」の「山嵐」に対する疑心を膨らませる結果になった。

ここで「赤シャツ」が口を滑らした、「前任者」の受難とは、「坊っちゃん」の前任「天皇」の暗殺のことである。これは「山嵐」の全く与り知らぬことであるから、「坊っちゃん」の誤解も甚だしい。

「山嵐」が「清」のツレとして舞台に登場したのは、「孝明天皇」の「坊っちゃん」を守護すること、及び自分に着せられた濡れ衣の「朝敵」の汚名を晴らすためである。しかし、「山嵐」は「赤シャツ」の陰謀によって、「坊っちゃん」の敵にされそうになったのである。

孝明天皇の信頼に対し、会津藩の命運を傾けた命懸けの行動で仕えたのであるから、守護職容保は朝敵ではなかった。そして、それを証明する物があった。それは天皇直筆の感謝状の「密翰」である。この「密翰」は長州閥にとって公開されては困る文書であり、山県にとってはまことに厄介な証拠であった。

〈是から山嵐と談判する積だと云ったら、赤シャツは大に狼狽して、君そんな無法なことをしちゃ困る〉(61右8)とあるように、「赤シャツ」が慌てたのは、その談判の過程で、「山嵐」が朝敵でなかったことを明らかにする前帝の書面が、「坊っちゃん」に示されると、「山嵐朝敵説」の虚構が根底から崩れ去るからである。この「密翰」は庭で「黄色く色づいた」「密柑」として語られるが、これについては後で詳述する。

「唐変木」の「うらなり」

「うらなり」が「乃木」であることは既に序章でも触れたが、〈おれとうらなり君とはどう云ふ宿世の因縁かしらないが、此人の顔を見て以来どうしても忘れられない〉(66右2)、〈おれは君子と云ふ言葉を書物の上で知つてるが、是は字引にある許りで、生きているものではないと思ってたが、うらなり君に逢つてから始めて、矢つ張り正体のある文字だと感心した位だ〉(66右10)、〈実を云ふと、此男の次へでも坐はらうかと、ひそかに目標にして来た位だ〉(66左3)が「坊っちゃん」の「うらなり」に対しての思いであり評価である。

明治天皇が乃木希典大将に対して抱いていた同情と敬愛を念頭に置けば、これらの言葉が意味するところは明らかである。「うらなり」は、「豹変する」という点で、まさに「君子」である。書物の上にある言葉とは『易経』の「君子豹変、小人革面」である。

乃木は、普段の日常生活においては温厚で篤実で優しく気弱な人柄であるが、戦場で敵と対峙したときには、躊躇することなく幾万の将兵を死に赴かせる冷徹な軍人に「豹変」することで知られていた。乃木将軍を「我が父」と呼んで慕った米国人の新聞記者スタンレー・ウォシュバンは、戦場における峻厳で非情な軍人としての顔とは全く別人の、私人としての乃木の人間的な温かさと、その心に抱え込んだ苦しみを深く理解し、その人格に感銘を受け、豹変する乃木の二面性を「ジキル博士とハイド氏」に例えた。(28)

温泉行きの汽車の停車場で、「坊っちゃん」が〈さあ、こつちに御掛けなさいと威勢よく〉(85左2)席を譲っても、〈恐れ入つた体裁で、いえ構ふて於くれなさるな、と遠慮だか何だか矢つ張立つている〉(85左3)「うらなり」の様子からは、「威厳」と「権勢」のある「天皇」の御前で直立している軍人の姿が読み取れる。普通、席を譲るのに「威勢」は必要はない。

温泉の「湯壺」で再び遭遇した「うらなり」が〈何だか憐れぽくつてたまらない〉(88左8)のは、乃木大将が二人の子息を「赤シやツ」に奪われたからである。

「坊っちゃん」が「うらなり」の家を訪ねた時、「年寄」が「紙燭」を掲げて式台に出現する。この古風な「紙燭《しそく》」が「子息《しそく》」、あるいは「死息《しそく》」を暗示している。

「坊っちゃん」が〈御免〳〵と二返許り云ふと〉(75左12)、「うらなり」によく似た「五十位の年寄」が奥から出て来て、「お上がり」と言うのであるが、この「年寄」が、「うらなり」の二人の「子息」の「幽魂」であり、ここでは「媼」の面を着けているのであろう。二人の年齢は二十五歳と二十三歳であるから、合わせれば「五十」くらいである。「老婆」でなく「年寄」

乃木兄弟（左が長男勝典中尉、右が次男保典中尉）

と書かれているのは、「年を寄り合わせ」た「加減乗除の四則《しそく》」の足し算であるからと思われる。

「お上がり」「お上がり」と「皆《みな》屠《と》屋」の連中に言われて戦場で命を落とした二人各々に、「坊っちゃん」は「御免、御免」と「二返」許しを乞うたのである。

「うらなり」にとって何よりも辛く苦しかったのは、兵士の「幽魂」の怨念が自分に向けられ、亡霊となって自分に取り憑こうとしたことである。なぜなら、自分が戦死させた兵士の亡霊とは、自分の息子たちのことでもあるからである。この「父と息子」の悲劇が、ギリシア古代劇のような骨肉の確執にならなかったのは「山嵐」のおかげと言えるかもしれない。「山嵐」は兵士たちの英霊に、無謀な作戦を遂行させた罪が参謀長にある事実を理解させて、取り憑く矛先を真の責任者の「赤シャツ」に向かわせるよう煽動したからである。

「古賀君」が左遷させられるという下宿の婆さんの「狂言」を聞かされた「坊っちゃん」は、

〈へん人を馬鹿にしてら、面白くもない。ぢや古賀さんは行く気はないんですね。どうれで変だと思った。五円位上がつたつて、あんな山の中へ猿の御相手をしに行く唐変木はまづないからね〉（98左7）と言う。ここでは「へん」、「唐変木」と「変《へん》」の語が繰り返されて強調されている。何が変かと言って、「どうれで変」が変である。それを言うなら「どうりで変」である。「りで変」は「刀《とう》、りで変」であり「刀の字が、りに変った」と読める。「り」で変えると、「刀」が「二」「ノ」「り」の「乃」の字になる。「唐変木」は、「刀《とう》」がこのように「変」形した「乃《とうへん》」に「木《ぼく》」で、「乃木」であり、「まづない」のは「稀《まれ》」だから、「ノ」「木」の「篇《へん》」と「希」でさらに「ノキ希」「乃木希典《まれすけ》」と読める。

「唐茄子《とうなす》のうらなり」の謎掛けもこの類であり、「刀《とう》」の字を「成《な》す」「ノ」、つまり「刀の字を形作る」片仮名の「ノ」部分の「裏《うら》」が「り」に変形する、つまり「刀成《とうな》すノ《の》、裏《うら》が、り」で「乃」である。

また「とうなす」と言えば、乃木の狂歌「なすことも　なくて那須野に　住むわれは　なすとうなすを食ふて　屁をこく」が知られる。この「なすとうなす」が「刀成《とうな》す」である。また、この狂歌は、「刀《とう》なすを九《くう》で辺《へ》を欠《か》く」、つまり「刀に九の字を合成し、天辺を欠く」と出来上がる「乃」の字が、「那須野に住む我」という名宣《なのり》でもある。

土地が跡地だから

「うらなり」が転任させられる学校は、〈日向の延岡で――土地が土地だから〉（95右12）、〈船から上がつて、一日馬車に乗つて、宮崎に行つて、宮崎からまた一日車へ乗らなくつては着けない。名前を聞ひてさへ開けた所とは思へない〉（96左12）場所にある。「一日車へ乗らなくっては」と言うのは簡単であるが、実際に「一日中」山坂を人力車を引かせることはなど到底出来ることではない。ここもでも無言の「――」が、言うに言えないことを雄弁に語っている。

ここの下りは、謡《うたい》が「とちがーとちだから」、つまり「土地が跡地」と言っている。「うらなり」の実際の赴任先は、延岡藩邸の跡地に移転した学習院であるということである。それを「坊っちやん」は「土地が土地」と聞いたのであるが、乃木大将をこの学校の院長に任じたのは明治天皇自身である。

〈謡といふものは読んでわかる所を、やたらに六ずかしい節をつけて、わざと分からなくする術だらう〉（99左7）の一文から、漱石は謡を軽蔑していたと解釈されることが多いようであるが、ここは全く逆の意味に取るべきである。つまり、「そのまま読んでも分からない所は、謡の節をつけると分かる」と言っているのであり、謡を否定的に考えているわけではない。

〈花の都の電車が通っている所なら、まだしもだが〉（98左8）も逆説であり、実はこの「跡地」は電車が通る花の東京の中心にある。

虎ノ門の脇にあった「日向」国内藤氏の「延岡藩邸」の跡地の学校へは、「濠縁の大本営」から「宮城」の「先」の「宮先《みやざき》」に「上がり」、人力車で行くから、「土地が跡地《あとち》だから、濠縁って所から上がって、一旦馬車に乗り、また一旦車に乗らなくては着けない」のは確かである。因みに、延岡は宮崎から車で行く山中ではなく、船で行ける海沿いの町である。

皇族と華族の子女が半々に学んでいた学習院は「華族学校」と呼ばれていたので、庶民にとっては「名前を聞いただけで開かれていないような気がする」のも無理がない。

〈猿と人間が半々に住んでる様な気がする。いかに聖人のうらなり君だって、好んで猿の相手になりたくもないだろうに、何と云ふ物数奇な〉（97右3）というこの学校の生徒の「半分の猿」とは、成り上がり山猿の子弟のことを言うのであろう。

「山嵐」の「うらなり」への送辞の〈当地に比べたら物質上の不便はあるだろうが、聞く所によれば風俗の頗る淳朴な所で、職員生徒悉く上代樸直の気風を帯びて居るそうである。心にもないお世辞を振り蒔いたり、美しい顔をして君子を陥れたりするハイカラ野郎は一人もいないと信ずるからして、君の如き温厚篤実の士は必ず其地方一般の歓迎を受けられるに違ない〉（11左1）は、反語的な表現の辛辣な皮肉として読めばすこぶる面白いところである。「当地に比べたら物質的には恵まれているだろうが――」というのが、寒冷地の斗南《となみ》の狭い不毛の荒地に移封され、藩士たちに極限的な「物質上」の艱難辛苦を強いざるを得なかった会津藩主の真情である。

慾張り「女房」

〈下宿の婆さんもけちん坊の慾張り屋に相違ないが、嘘は吐《つ》かない女だ、赤シャツの様に裏表はない〉(102右10)と「坊っちゃん」が言う萩野の婆さんの正体は、御所の裏を仕切る女官長である。〈年寄の癖に余計な世話をやかなくつてもいゝ。おれの月給は上がらうと下がらうとおれの月給だ〉(99左4)という「坊っちゃん」の激しい叱責によってそれがわかる。

ここで言う「年寄」とは老人の意味ではなく、「老中」「若年寄」のような役職の呼び名である。この女官長は、大奥の「年寄」のように、天皇の私的生活の世話をする女房頭なのかもしれない。「萩野」の名は、歌舞伎『伽羅先代萩』の有名な「老女」政岡から取ったのかもしれない。「先代」の「老女」であるなら、「孝明天皇」の女官長であり、その毒殺に加担した女官であろう。独特な方言を使うこの「年寄」は、「内裏」を取り仕切るのであるから、「裏表がなくて嘘は吐かない」どころか、「表と裏」のある御所の「裏」を仕切る「虚言」の「狂言」役者である。

そして、この女官長は、「坊っちゃん」と「芋責め」についての微妙な狂言問答を行う。〈どこの何とかさんは二十二で子供を二人御持ちたのと、何でも例を半ダース許り挙げて〉(77左12)と、女官長に世継ぎのことを話題に出された「坊っちゃん」は、〈それぢや僕も二十四で御嫁を御貰ひるけれ、世話をして御呉れんかな〉(78右2)と方言を真似たり、〈本当《ほんとう》の本当《ほんま》のつて僕あ嫁がもらい度つて仕方ないんだ〉(78右6)と心にもないことを言ってお茶を濁す。この能舞台で語られる方言は「狂言」の「虚言」であることは既に述べたが、「虚言」では「嘘の嘘は本当」になるかもしれないが、ここの「本當《ほんとう》の本當《ほんま》」は「嘘」である。したがって「女官長」に子供を持つように圧力を掛けられた「坊っちゃん」の本音は、「嫁の世話などして欲しくない」「本当は嫁が要らなくって仕方ないんだ」であろう。そう言わせるのは、女官長の繰り出す「芋責め」のせいである。

〈おれは芋は大好きだと明言したのは相違ないが、かう立てつゞけに芋を食はされては命がつゞかない〉(84右12)、〈芋ばかり食つて黄色くなって居ろなんて、教育者はつらいものだ〉(84左9)、〈生卵でも栄養をとらなくつちあ一週間二十一時間の授業が出来るものか〉(85右1)と「坊っちゃん」が辟易するこの「芋責《いもぜ》め」とは「妹責《いもぜ》め」のことである。内裏で明治天皇をこの上なく責め立てたのは「世継ぎの待望」であった。男子が得られなくて苦しんでいた天皇に、女官長は側室の女房を「半ダース許り」手配したのである。「週二十一時間の授業」とは毎日平均三時間の「授ける業」のことであろう。ちなみに、「坊っちゃん」の実母も権内侍《ごんのないし》であった。

この「萩野」は、自分の子を犠牲にして主君の世継ぎを毒殺から守った『先代萩』の老女とは似ても似つかない、とんでもない悪女中である。話題は金のことばかり、自分の増給にしか関心がない慾張り女である。

〈つまり月給の多い方が豪《えら》いのじやろうがなもし〉（82右1）であり、増給を断ると聞いて、〈何で、お断はりるのだな――もし〉（99右6）と抗議する。この「な」と「もし」の間の沈黙の「――」の長さに本心からの恨めしさ、物欲しさがにじみ出ている。揚句の果てに〈赤シヤツさんが月給をあげてやろと御言ひなら、有難うと受けて御《お》置《き》なさいや〉（99左1）と無礼な命令口調になる。宮廷費の予算が増えなければ、自分の給料が上がらないからであろう。

この御所の女房は、「坊っちゃん」を「あなた」と呼ぶが、原稿では慾張りの本性の現れるところは、「あんた」になっている。「うらなり」の母親が校長に賃上げを求めたという話は、〈もう四年も勤めて居るものぢやけれ、どうぞ毎月頂くものを今少しふやして御呉れんかて、、あんた〉（98右2）と、自分の賃上げを要求するものにすり替わる。旦那を「あんた」と呼び、安月給をこぼすのは庶民の「女房」であるから、「坊っちゃん」も「成程」と妙に納得せざるを得ない。「うん、成程」は、決して感情を表さなかった明治天皇の口癖であった。編集者は原稿を書き直して、「あなた」に統一しようとしているが、〈卑怯でもあんた、月給を上げてくれたら、大人しく頂いて置く方が得《とく》ぞなもし〉（99右9）までは直し切れなかったようである。

実際に日露戦争の軍功の給金の辞退を「坊っちゃん」に申し出た者がいたのであるが、この欲張り女房は、給金を辞退するこの者の誠意と苦しみ、潔さが理解できず、それを思いやる「坊っちゃん」の心も顧《かえりみ》ない。だから「年寄の癖に余計な世話をやくな」と一喝されたのである。

第五章　「主役」登場

「清」の長い手紙

「坊っちやん」が「清」からの手紙を読む場面は、〈仕舞ぎはには四尺余りの半切れがさらり〳〵と鳴つて、手を放すと、向こうの生垣にまで飛んで行きさうだ〉（83右8）と書かれている。この「仕舞際」は「仕舞をする能舞台の際《きわ》」であり、囃子方が控えている能舞台の隅のことであろう。

「さらり〳〵」と鳴る「半切れ」とは、竹の半切れの笛で、囃子方が鳴らす能管の音形である。「手を離す」のではなく「手を放す」であるから、「手」、「笛の手」つまり「笛の奏法」で音を「放つ」のである。死者を呼ぶこの「四尺余り《ししゃくあま》」は、生者と冥界を隔てる「生垣《いきがき》」の彼岸まで飛んで行く「死者来《ししゃく》あめり」、つまり「死者が来るであろう」という能管の音であろう。

能楽では笛の能管が舞台の効果音を担い、亡霊が出るときには、それを予告する音形を奏《かな》でる。歌舞伎では「ヒュー、ドロドロ」で幽霊が出るが、この「ヒュー」に当たる死者を呼ぶ音形の「手」を表現し、口伝えで伝授するには「ひぅいや、らりい」、「ひーらり、らりー」「さーらり、らりー」のように言葉を使う。

「四尺余りの半切れ」が文字通り「一メートル二十センチ余りの半切れの手紙」であって、それが生け垣に飛んで行くなら、余程強い突風が縁側から外に向って」吹き返さなければならないが、これは自然現象として不自然である。また、「半切れ」の鳴る「さらり〳〵」は、「さらりさらり」ではなく、「さらりらり」であろう。

能舞台からは当然地謡《じうたい》も聞こえる。爺さんは呑気な声を出して謡をうたっているのであり、〈謡というものは読んでわかる所を、やに六づかしい節をつけて、わざと分からなくする術だろう〉(99左7)と「坊っちゃん」は言うが、仮名文字に間違った当て字が多く、切れ目もわからず、そのままでは、〈読む方に骨が折れて、意味がつながらない〉(83右3)、とはこの戯作小説の書き方のことでもある。

この謡《うたい》に呼応して、囃子方が、「ひぅいや、らりい」という笛の手を放つと、「主の役」の死霊の後ジテ「孝明天皇」が手紙を持って舞台に現れて「仕舞」を舞い、手紙の内容を語る。

「清」の手紙の最初の用件は、〈竹を割ったような気性だが、只肝癪が強すぎてこれが心配になる〉（83右11）であるが、この「竹を割った」は、「半切り」で「竹の半切れ」の能管を連想させる。

手紙には〈ほかの人に無暗に渾名《あだな》なんかつけるのは、人に恨まれるもとに、なるのから矢鱈に使つちやいけない〉（83右12）、〈田舎者は人がわるいさうだから、気をつけて苛い目に遭はないようにしろ〉（83左2）、〈気候だって東京より不順に極つてるから、寐冷えをして風邪を引いてはいけない〉（83左4）などの注意が続く。

この手紙は、「山嵐」が正体を顕わし、後ヅレの「松平容保」として舞台に登場していることを伝えるものであるが、つけた渾名が恨みを買うことを懸念する「清」の注意は、「坊っちやん」がつけた渾名の「赤シャツ」「野だいこ」が強烈であり、「山嵐」とは山県を懲らしめる「山荒らし」という意味にとれるから、軍と警察を掌握する権力者の恨みを買って報復されることを心配したのであろう。

漱石の小説では、明治藩閥政府の政権簒奪者の「成り上がり者」が「人のわるい田舎者」である。したがって、ここの「清」の忠告は「赤シャツに気を許すな」ということであろう。戊辰戦争で、「赤シャツ」の長州に実際に散々「苛い目」に遭わされ、「苛酷な戦後処罰」を受け、朝敵にされたのは「山嵐」であるが、それ以上に、「赤シャツ」らに「苛い目」に遭わされたのが「孝明天皇」自身である。したがって、親心から息子にこのように注意を喚起したのも無理はない。

普通「東京より気候は不順」とは言わない。「東京」と比較するなら、気候は「悪い」とか「寒い」と言うべきである。「田舎の気候が不順」とは、「田舎者たちの機構」つまり薩長政府は「不従順」であるから気をつけろという意味に取れる。何しろ「四国」との通商条約に不本意ながら「金鍔《きんつば》」の「御璽」を押印されて窮地に陥ったのが孝明天皇であるから、「田舎者」たちの「芋判」を押した偽密勅など断じて許せないのである。

一八六三年（嘉永三年）八月十八日の政変で、公武合体に反対する倒幕過激派を京都から一掃させた孝明天皇は、八月二十六日に諸大名を集め、「八月十七日以前の詔勅は偽であり、十八日以降のものが朕の本当の気持ちである」と宣言した。更に、「三条実美はじめ暴烈の処置は、深く痛心の次第。いささかも朕の料簡を採用せず。〔…〕真実の朕の趣意相立たず、〔…〕重々不埒の国賊の三条はじめ取り退け、実に国家のための幸福」と側近宛に書いた。ここで孝明天皇は、過激派公家の三条らの「おっ過《か》さん」を「暴烈」「不埒な国賊」だと言い切っている。そして翌年の禁門の変で御所に向けて鉄砲を射ち掛けた長州の「田舎者」に対して、天皇は遂に正真正銘本物の「討伐の勅令」を下したのである。

「坊っちゃん」が京を離れる時に「北向きの山上」の陵に詣でたときの「清」については、〈非常に失望した容子で、胡魔塩の鬢の乱れを頻りに撫でた。余り気の毒だから〉（12左4）とあるのは、「後継者の息子を京から東京に連れ去るという田舎者の非情に失望した様子で」、「坊っちやん」に「胡麻塩の瓶の毒殺の仇を討て」と告げたという意味であろう。[29]「胡麻塩」ではなく「胡魔塩」である。漱石は「ごまかす」を「胡魔化す」と書くが、ここの「胡魔」は意図的な当て字であろう。「髪」ではなく「鬢《びん》」であるのも作為的なので、「胡の魔塩が入った瓶」と読める。「胡」は「西域」を意味するから、「西の魔塩《しゃ》」、「シアノ錯塩」つまり「青酸化合物」、あるいは「砒素」のような、何らかの「毒物」の「瓶」のことなのであろう。あるいは、「胡魔」で猛毒の「唐胡麻《トウゴマ》」を連想させようとしているのかもしれない。

自分が毒殺されたことを息子に告げて、仇討ちを誓わせたのはシェイクスピア悲劇の王子ハムレットの父の先王である。したがって、このデンマーク王の亡霊と「清」は重なる。しかし、複数の亡霊が登場し、歴史的な裏付けのある「坊っちやん」の深遠な夢幻能のほうが、シェイクスピアの悲劇より遥かに劇的であり、その諷刺の刃《やいば》はより鋭く研ぎ澄まされている。漱石自身、一九〇五年七月二十五日に中川芳太郎に宛て「今にハムレット以上の脚本を書いて天下を驚かせ様と思ふが」と記し、森田草平宛てでも「実はハムレットを凌ぐ様な傑作を出して天下のモモンガーを驚かしてやらうと思へども」と一九〇六年十二月八日に書き送っている。

たとえその死が毒殺ではなかったとしても、未曾有の国難にあって攘夷の信念を貫いた孝明天皇ほど「かくも苦い鬱屈感と無力感を公然とさらけ出した天皇は居なかった」のであり、

「その凄惨な最期に至るまで、その怒りと絶望から心の休まる暇とてなかった」天皇は、シテの亡霊として能舞台に現れる怨霊たる資格を充分過ぎるくらいに備えた悲運の殿上人であり、その悲劇性について、ドナルド・キーンは「自分の運命が手にあまるということに気づいていた点では、少なくともシェイクスピアの描くリチャード二世が孝明天皇に酷似している」と評している。(30)

大抵平仮名の「下た書き」

手紙を〈清書をするには二日で済んだが、下た書きをするには四日か丶つた〉(82左6)という「清」の「下た書き」は「下手書《へたが》き」、「清書をする」は「清《きよ》、書をする」と読める。これは二日かけて文を綴り、その後「四日《し》」かけて、無学な下女が書いた体裁にするため、わざと「下手書き」にした「読みにくい文面の本意を察して欲しい」と、「孝明天皇」の霊は言いたいのであろう。「下た書き」とは、故意に当て字を多用し、仮名書きとして読ませるこの小説の自筆原稿のことでもある。ここの「清」とは、下女の「清」であると同時に、句誌『ホト、ギス』の付録としてこの小説を編集した高浜虚子《きよし》の本名「清《きよし》」のことでもあろう。つまりこの「下た書き」「清書」は、『坊っちゃん』自体の成立についても物語っているようである。

「仕舞ぎは」の文の直前は、〈すると初秋の風が芭蕉の葉を動かして素肌に吹き付けた帰りに、読みかけた手紙を庭の方へなびかしたから〉（83右6）である。初秋《しょしゅう》の「秋の風」でよく知られている「俳諧《はいかい》の師匠《ししょう》」の芭蕉の句と言えば、『野ざらし日記』[31]の「野ざらしを心に風のしむ身かな」が思い当たる。したがって、ここの「芭蕉の葉」を「芭蕉の言《こと》の葉」と読めば、「亡霊がつい彷徨」し、「秋風の中、死者《しし》霊《ゃ》が徘徊《はいかい》する」ときに鳴る能管が「ひぅいや、らりい」と聴こえてくる心地がする。つまり、ここには手紙の主としての「清」と「山嵐」が出現しているのである。「俳諧」は「徘徊」、「初秋」は「師匠」「死者」の地口である。

「下手書き」されただけあって、この手紙はそのままでは「意味がつながらない」が、「初秋の風が芭蕉の葉」の意味を考えるなら、「士戸《しし》が田に出《いず》る」という「野ざらし」を意味する「堀田」を名乗る「山嵐」の正体に思い到る。

ここの「素肌に吹き付ける」あるいは「庭の方へなびかせる」を理解するには「孝明天皇」から「山嵐」に与えられた「半切の竹筒」の真実というさらに深い事情に立ち入らなければならないが、これについては別に詳述する。

この手紙のような「平仮名書き」と言えば、庶民向けの取るに足らないものという体裁で江戸時代後期に出版されていた「黄表紙」と呼ばれた絵入り諷刺本の戯作《げさく》も思い出される。

気立のいい女

〈かうして田舎に来てみると清は矢つ張り美人だ。あんな気立のい丶女は日本中さがして歩行いたつて滅多にはない〉(77右7)と「坊っちやん」が、年老いた下女に身を窶《やつ》している父を殊更に「美人」と言う。それは、「美人」の基準が「綺麗」ではなく「奇麗」であるからである。「清」と比較されているのは「マドンナ」であり、「清」の方がより美人であるというのは、人が取り憑かれる「魅力《みりょく》」が、「マドンナ」に勝っているということである。つまり、貴人の怨霊の「清」は、男に取り憑く「霊の魔力《まりょく》」の「気立《きだち》」、つまり「霊気立《れいきだち》」の霊力が若い女性の「マドンナ」より遥かに強力なのであろう。

さらに、この「清」の手紙が、死者からのものであることは、〈たよりは死んだ時か、病気の時か、何か事の起つた時にやりさへすればい丶訳だ〉(123右4)の下りでもわかる。「死んだとき」に「たより」ができるのは、死者の霊だけである。「坊っちやん」は、この「清」の手紙に返事を書こうとする。しかし、全く筆が進まない。〈手紙をかくのは三七日の断食よりも苦しい〉(122左9)の「三七日《みなのか》」とは、死後三週目の法要である。

事ここに至り、最初に前ジテの「下女《げじょ》」の姿で現れた「孝明天皇」は、息子を心配する余り、遂に後ジテの「御上《おかみ》」の姿で舞台に登場し、「下女《しため》」という身分も性別も全く正反対な者に身を窶《やつ》していた「主役」の「主上《おかみ》」が、遂に本性を顕《あらわ》したのであろう。「下女」も「おかみさん」と呼べなくもないが、孝明天皇は「北向きの三畳」に祀られた「御神《おかみ》」でもある。シテヅレの「松平容保」を連れて現れた「孝明天皇」が自分の毒殺の真相を語り、「容保」の亡霊が朝敵にされたことの無念を訴えるこの緊迫した場面が、この夢幻能で最も劇的なところである。

一八六七年十一月九日（慶応三年十月十四日）の徳川慶喜討伐を命じる偽密勅には、「此れ朕の憂憤の或る所、諒暗にして顧みざるは」、「以て速やかに回転の偉業を奏し、生霊を山嶽の安きに措くべし」とある。「諒暗《りょうあん》」とは、先帝の喪が明けてないことを言う。「武力によって徳川幕府を倒し山陵の父の霊を安心させせよ」と言いたいのであろうが、これは攘夷を願った孝明天皇の志とは全く正反対の主張である。「山嶽」の「山上に寝ていた」「生霊」の「清」にとっては、「安き」に措かれるどころか、「坊っちゃん」の名を騙る「おっ過さん」や「赤シやツ」に怒り心頭に発する事態であった。

肌身離さぬ密翰

孝明天皇を命懸けで守護した松平容保は、その忠誠に対する感謝を記した天皇自筆の「宸翰」を下賜されていた。容保はそれを半切りの「竹筒」に入れて終生肌身離さなかったと言われる。この宸翰が、容保にとっては自分が朝敵でなかった何よりの証しであり、天皇を守って国難に当たった誇り高き武士として維新後を生きる心の支えであった。

この「竹筒」の事情を知っていないと、後ジテの亡霊が「初秋の風が芭蕉の葉を動かし」、「手紙を庭の方へなびかせ」て「素肌に吹き付けた」ことの意味が理解できない。

「孝明天皇」は、自分が密かに渡した感謝の宸翰、つまり「密翰《みっかん》」を「容保」が「肌身《はだみ》」離さず持っていること、したがって「山嵐」は敵ではないことを、風を「肌《はだ》に」吹き付けて、「手紙を庭の方になびかせる」ことによって、息子の「坊っちゃん」に伝えたのである。「庭の方へなびかせる」とは「廷《にわ》になびかせる」であり、「朝廷の方に心を寄せていた」「山嵐」という謎掛けであろう。そして、その「庭《にわ》」に色づいているのが「密柑《みっかん》」である。

〈密柑の事を考えて居る所へ、偶然山嵐が話にやって来た〉（123左5）とあるが、これは「偶然」ではない。「密柑」を「山嵐」が身に着けていたのは史実である。

この「密柑」、つまり密翰に書かれている内容は、山県有朋にとっては決定的に不都合な事実を明らかにするものであった。薩長勢力が容保の会津軍を中心とする奥羽越列藩同盟を血祭りに上げ、戊辰戦争後も会津藩に対し、罪人扱いの苛酷な仕置きができたのは、あくまでも容保が朝敵であることを前提にした「国賊討つべし」の大義名分があったからである。維新の革命の正義を主張する明治政府にとって、松平容保は嘘でも何でも乱臣賊子の汚名を付して葬り去らなければならなかった人物であった。したがって、容保の忠勤の功績に感謝する天皇の「宸翰」が存在していてはいけないのである。それは、禁門の変や長州征伐では、長州の方が天皇に弓を引いた「重々不埒な」朝敵であったことの証拠であり、それが新聞、とくに海外の記者によって報道されれば、自分たちが主張してきた戊辰戦争の大義、会津藩の迫害の報復行為の正当性が否定される恐れがあった。窮した山県はこの「竹筒」を二万円で売り渡すように容保に持ちかけたが、全く相手にされなかった。「山嵐」を追い落とすために、「坊っちゃん」に「増給」をほのめかす「赤シャツ」の買収の発想と手口は、山県によるこの「二万円」の申し出を当て擦るものでもある。

戦争の利権で私服を肥やしている「赤シャツ」の家を「坊っちゃん」が訪れたとき、この参謀総長は「野だ」と密談の最中であり、〈顔を見ると金時の様だ。野だ公と一杯飲んでると見える〉(100左11)とある。「野だ」と呑んでいた「一杯」は軍艦でもあろう。だからこの食わせ者は「金《かね》の時」という顔をしていたのである。〈それが赤シャツの指金だよ〉(138左7)は「指示した金《かね》」であるが、「密輸」を二万円に指値《さしね》したのがこの男である。

〈竹を割ったような気性だが、只肝癪が強すぎて〉(83右11)と、父の霊が言うのは、「真直ぐな、直系皇位継承者」の「坊っちゃん」は、「竹筒を割って」父の宸翰を公表する正統性がある「気性」の持ち主である、ということでもあろう。

もうすぐ売れる「密柑」

「密柑」については、〈十坪程の平庭で、是と云ふ植木もない。只一本の密柑があつて、塀のそとから、目標になる程高い。おれはうちへ帰ると、いつでも此密柑を眺める。東京を出た事のないものには密柑の生《な》つて居る所は頗る珍しいものだ。〔…〕今でも最う半分色の変わつたのがある。婆さんに聞いて見ると、頗る水気《みずけ》の多い、旨い密柑ださうだ。今に熟《う》れたらたんと召し上がれと云つたから、毎日少し宛食つてやらう。もう三週間もしたら、充分食へるだらう。まさか三週間内に此所《こゝ》を去る事もなからう〉（123右7）とある。「十坪程」の「平庭」であれば、それは能舞台が想起される。

「密柑の生《な》って居る所」は「密翰の生《いき》て居る所」であるから、それを書いた「孝明天皇」の亡き後も、「密翰は証拠として生きている」のである。

「東京を出た事のないものには頗る珍しい」は、「東京には出たことのない、頗る珍しい出物」であり、「もうすぐ熟《う》れる」、「水気が多くて旨い」「密柑」は、萩野の「婆さん」にとっては「もうすぐ売《う》れる」、そうすれば「旨《うま》い汁が吸える」「密翰」である。「此處」とは「御所」

の意味であろう。

つまり、「孝明天皇」が「野ざらしの風を肌に吹き付けて」「坊っちゃん」にその存在を教えたのは、「山嵐」が肌身離さず持っている「変色して半分くらい色づいた」古い手紙の「密翰」であり、それを慾張りの「狂言」女房が売るように話を持ちかけているのである。その皮算用は、「山嵐さんの持っておいでの密翰は、植木屋の山県とかいう御偉い方が目を付けて欲しがっておいでぞな、もし。東京の骨董屋にも出た事のない、頗る珍しいものであるとお言いでな、売ってしまえば旨い汁が吸えるぞな、もし。もう三週間もしたら売れるから、これで飯が食えるぞな、もし」であろう。

しかし、「三週間しないうちに」、つまり「三七日《みなのか》を待たないで」「山嵐」はこの「密翰」を携えて「此所」を去って行く。

文久三年（一八六三年）十月九日付けの「宸翰」には、「疎暴」な倒幕攘夷論の「暴烈」な「おっ過さん」を、内命にしたがって追い払い、自分の「存念」を貫かせてくれた松平容保の忠義に「感悦」する次の文言と御製が記されていた。

堂上以下、疎暴の論不正の処置増長につき、痛心に堪へ難く、内命を下せしところ、すみやかに領掌し、憂患掃攘、朕の存念貫徹の段、まったくその方の忠誠にて、深く感悦のあまり右一箱これを遣はすものなり。

和《やは》らくも　たけき心も　相生《あいおい》の　まつの落ち葉の　あらす栄へむ
武《もののふ》と　心あはして　いはおをも　貫きてまし　世々の思ひ出

倒幕の偽密勅を捏造し、「朝敵」を「赤シャツ」の長州から「山嵐」へすり替えたのは「おっ過さん」による一連の陰謀である。偽密勅には、会津と桑名両藩主の誅罰の御沙汰書と、長州藩主父子の官位復旧の御沙汰書が付せられており、偽密勅の日付は、薩摩藩主父子宛は一八六七年一一月八日（慶応三年十月十三日）、長州藩主父子宛は翌九日である。しかし、孝明天皇が命じた誅罰のため「朝敵」となっていた長州藩主が官位を復旧したのは、一八六八年一月二日（慶応三年十二月八日）の「坊っちゃん」の「尊諮」を経てからのことである。(32)したがって、この偽密勅は、こともあろうに当時朝敵であった者に宛てて出されたことになる。それだけでもこの密勅の真贋の程は明らかである。

この偽密勅の謀略工作を行った者としては、小御所会議で倒幕を主張した岩倉具視が疑われている。「密翰」にあったとされる御製にある「貫くべき」「いはお」とは「岩」であり「磐《いわ》座《くら》」なのであろう。

送別会のどす黒い面々

「坊っちゃん」と「山嵐」が連れ立って出かけた「うらなり」の送別会は、ムソルグスキーの『禿山の一夜』、あるいはベルリオーズの『ワルプルギスの夜の夢』に負けない奇怪な化け物、魑魅魍魎たちの狂宴である。その宴会場に〈二人が着いた頃には、人数ももう大概揃つて、五十畳の広間に二つ三つ人間の塊が出来て居る〉(109右10)とあるが、「二つ三つ人間の塊《かたまり》」という言い方は奇妙である。読みにくい自筆原稿の字の「塊」は「魂」、「つ」は「〇」の零、及び「の」と読めば、この広間には「二〇三の人間の魂」が迷い出て来ているようである。宴が酣《たけなわ》になると、妖しい人物たちが次々に登場して来るが、紙面の都合もあり、ここではその紹介と解説は省く。

宴の座敷の〈床は素敵に大きい。〔…〕尺を取つて見ると二間あつた〉(109右11)ともあるが、「素敵に大きい床の間」とは、「坊っちゃん」が「闕腋袍」で「笏《しゃく》を執る」一段高い御座所のことであろう。小御所会議が行われた建物は五十畳であるから、この二百三高地や松樹山の霊魂たちは、「坊っちゃん」の「尊諮」の場に現れたのであろうか。

〈右の方に、赤い模様のある瀬戸物の瓶を据えて、其中に松の大きな枝が挿してある。松の枝を挿して何する気か知らないが、何ケ月立つても散る気遣いがないから、銭が懸らなくつて、よかろう〉(109左1)とは、「頑強な枝要塞の松樹山を指《さ》して突撃させて何する気かしらないが」、「何ヶ月立っても陥《お》ちる気配がなく、散って行くのは兵士ばかりだ」という旅順口突破の作戦に対する「坊っちゃん」の憤りである。さらに、兵士の命は「いくら散っても一銭五厘だから、銭が懸らなくってよかろうが」であろう。

「うらなり」が御礼の挨拶を終えると、〈あちらでもチユー、こちらでチユーといふ音がする〉(112左7)のは「旨《うま》い汁」を「吸う」音である。戦争で利を得る者ほど、兵士の「忠勇」や、息子を天皇に捧げた父母の「忠節」を讃える「忠《チユー》」という言葉を頻繁に「吐く」のである。〈おれも真似をして汁を飲んでみたがまづいもんだ〉(112左8)は、「旨い汁」を既に誰かに吸われた後で、「坊っちゃん」にとっては、「まづいもの」であり、「清」に対する「山嵐」の「忠誠」とは全く異なる苦々しいものである。

料理の〈ロ取りに蒲鉾はついているが、どす黒くて竹輪《ちくわ》の出来損ないである〉(112左9)の「口取り」は「口を奪う」「旅順口奪取」の意味である。「蒲鉾《かまぼこ》」とは「火魔矛《かまほこ》」の「火砲」であろう。それが「どす黒い出来損ない」であるのは、「赤シャツ」や「野だ」たちが、どす黒い「旨い汁」の具として、粗悪な「竹輪の出来損い」のような鉄砲や大砲を陸軍へ入れたからである。

〈刺身も並んでるが、厚くつて鮪の切り身を生《なま》で食ふと同じだ。それでも隣近所の連中はむしやく〳〵旨そうに食つて居る。大方江戸前の料理を食つた事がないんだらう〉（112左10）の「刺身」とは、「抜き差し」の「抜き身」の「刀」に対する「刺し身」である。この「突き刺す刀身」の「銃剣」も並んでいるが、「生鮪《なままぐろ》」つまり「なまくら」の厚い「切り身」、つまり切れ味の鈍い粗悪品である。そんな劣悪な装備で機関銃を備えた堅固な近代要塞を攻めた兵士たちのことを、「武士の誉れ」だと、「武者《むしゃ》、武者《むしゃ》」と讃えたのは「坊っちやん」の「近従《きんじゅう》」である。この江戸前も知らない田舎者の「赤シやツ」一派の連中は、死の商人や軍需産業と結託して「どす黒い具」を貪《むしゃぼ》り、その汁の旨味《うまみ》を吸っていたとのである。

御国《みくに》の四方《よも》の「燗徳利《かんとくり》」

この送別の狂宴では、〈其うち燗徳利が頻繁に往来し始めたら、四方が急に賑やかになった〉（113右2）のであるが、熱燗徳利《あつかんどっくり》は「往来」することはない。往って呑まれて空になって却ってくるだけである。この「燗徳利《かんとくり》」は「艦隊送り《かんとおく》」の地口であり、「海軍軍令部の連中が頻繁に御所との間を往来し始めたら、御国《みくに》の四方《よも》の海域が風雲急を告げてきた」のである。いよいよロシア艦隊との最終決戦である。海軍首脳との「尊諮」が行われ、東郷提督はバルチック艦隊を「必ず撃滅してみせます」と天皇に約束した。
急に騒がしくなったのは「四方の海」であったとしても、戦争を望まない睦仁の心情を伝える御製がある。

四方《よも》の海　みなはらからと　思ふ世に　など波風の　たち騒ぐらむ

この歌は、テディベアの米大統領セオドア・ルーズベルトが絶賛したことでも知られている。しかし、艦隊を送り出す海軍は、明治三十年に鳥山哲が作詞し、明治三十三年に瀬戸口藤吉が曲を付けた勇ましい『軍艦行進曲』に乗せて既に戦意を高揚させていた。

〽守るも攻めるも　黒鉄《くろがね》の　浮かべる城ぞ　頼みなる　浮かべるその城　日の本の
御国の四方《よも》を　守るべし

「焗徳利が頻繁に往来し始めた」ところで、〈野だ公は恭しく校長の前へ出て杯を戴いている〉（113右3）のを見た「坊っちゃん」は、〈いやな奴だ〉（113右4）と言う。もっともである。連合艦隊の浮かべる城を「何杯」も日本に売りつけた英国人は、こういう時だけ調子よく揉み手をしながら「ニコポン狸」の首相「桂太郎」に擦り寄って、「杯」を頂戴するような嫌な奴であるからである。「ご注文戴いたうちの装甲の天麩羅軍艦、いかがで御座いましょう。高い高いとおっしゃいましたが、戦果をうまく揚げればお安いものでげす」とか何とか言っているのが聞こえてくるようである。

「うらなり」の献酬

旨い汁を吸った金の亡者たちの宴にあって、〈順々に献酬をしてて、一巡周る積と見える〉（113右4）のは「うらなり」である。『鶉籠』の初版では、ここは「献酬をして、」に変えられている。この小説が書かれた当時、乃木大将は実際に日本各地に出かけて行って「献酬」を行っていた。「順々」に「旅順」の戦死者の墓に詣で、自分に与えられた褒美の下賜金を各地の遺族たちに配っていたのである。ここの「献酬」は「報酬」を死者の「幽魂」に「献じる」であり、「献酬をしていて、日本の津々浦々を巡るつもりに見える」のである。だから、〈甚だご苦労である〉（113右5）と「坊っちやん」は痛み入るのである。

また、「坊っちやん」は、「野だ」の下品でわがもの顔の狼藉振りと対照的に、〈苦しさうに袴も脱がず控えて居るうらなり君が気の毒でたまらなかつた〉（117左4）と心配しているが、いくら座が乱れた宴会であっても、「野だ」は別にして、武士が「袴を脱ぐ」ことは常軌を逸している。ここは「はかまでもぬかずいている」との地口で解釈するなら、戦死した兵士たちの「墓場でも、苦しそうに額《ぬか》づいて居るうらなり君が気の毒でたまらなかった」と読める。「坊っちゃん」が「うらなり」のことを「赤シャツ」と比べて、「マドンナ」の「いい旦那」であると言うのは、司令官の乃木大将は、死んだ兵士に金を配る「旦那」であるが、参謀総長の山県有朋は莫大な戦勝下賜金で広大な私邸に贅沢な庭園を造るような吝嗇で「いやに田舎びた」成り上がりの「植木屋」に過ぎないということである。

天皇睦仁は薩長藩閥政府の、強欲で「皮相上滑り」な西欧崇拝の元勲を嫌ったが、古風な道徳観を備えた西郷隆盛[33]と乃木希典は敬愛し、乃木を学習院の院長に任じたことは既に述べた通りである。漱石も長州人すべてを嫌った訳ではなく、乃木大将については「インデペンデントの主義基準を曲げない至誠の人」と評している。[34]

芸者の「幽魂」

宴会場で〈諸方を見廻してみると、膳の上に満足な肴の乗つて居るのは一つもない〉(115右1)という「坊っちゃん」であるが、一段高い御簾《みす》の中からは、〈奇麗に食い尽くして、五六間先へ遠征に出た奴も居る〉(115右3)、つまり「国内の利権を食いつくして遠征に出た奴《やっこ》」がいるのがよく見えるのであろう。

そして、「坊っちやん」が押し付けられている壁際の〈所へお座敷はこちら？と芸者が三四人這入つてきた〉(115右5)のであるが、それは「惨死人《さんしにん》」の幽霊が、芸者の姿となって御簾の中に現れたのである。

「赤シやツ」は、それを見て〈急に起つて、座敷を出にか丶つた〉(115右9)のであるが、芸者の〈一番若くて奇麗な奴〉(115右11)が逃げる「赤シやツ」に挨拶をするのを見た「坊っちやん」は、〈おや今晩は位云つたらしい〉(115右11)と想像する。「奇麗」である程霊力が強いのが亡霊であり、その「奇霊」の幽霊は「赤シやツ」に「御今晩《こんばん》は――うらめしや――」くらいは言ったのであろう。〈芸者が来たら座敷中急に陽気になつて、一同鬨の声を揚げて歓迎したのかと思ふ位騒々しい〉(115左3)とあるが、「鬨の声を揚げて」突進した兵士たちの幽霊が出たのであるから、座敷中が急に「妖気」に満ちたのかと思うような「寒々《さむざむ》しい」状況になったのであろう。

しばらくして、「芸者」たちは〈銘々胴間声を出して何か唱ひ始めた〉(116右4)のである。女の姿をしていても正体は男であるから、唄うと「胴間声」になる。『吾輩ハ猫デアル』で、旅順が陥落した一九〇五年(明治三十八年)の正月に街で出会ったと、「猫」の主人が日記に書く

「うちの猫に顔が似た芸者」と「旅鴉の如く皺枯《しゃが》れた声で、昨夕《ゆうべ》はつい忙しかつたもんだから
と言う芸者」もこの「胴間声」の旅順口の幽霊の仲間である。

芸者の一人は、「三味線を抱えて」「迷子の三太郎」と唄う。これは、兵士の亡霊としては極めて順当な選曲である。「三太郎」とは「第三軍の男」であり、「迷子の三太郎」とは、旅順で迷える「幽魂」になった彼ら自身のことである。〈金や太鼓でねえ、迷子の迷子の三太郎〉（116右7）、〈どんどこ、どんのちやんちきりん。叩いて廻つて逢われるものならば、わたしなんぞも、金や太鼓でどんどこ、どんのちやんちきりんと叩いて廻って逢いたい人があると、二た息にうたつてお丶しんど〉（116右7）と言う。「迷子の迷子」と「二息」で「迷う二人の息子」、「お丶しんど」は「おお、死んど」である。

「第三軍」の「三太郎」を霊界の「迷子」にさせてしまった「坊っちやん」の痛恨と戦争指導者たちへの憤りは、ゲルマニアのトイトブルクの森で全滅した三個軍団に対する、ローマ初代皇帝アウグストゥスの「ウァルスよ、我が軍勢を返せ」の嘆きに劣らぬものであったろう。

敬愛する乃木を思い遣りながらも、満州の悲惨な戦場で多くの将兵が命を落していることに心を痛めた睦仁の「乃木もアー人を殺しては、どもならぬ」という言葉が伝えられている。(35)

「野だ」の狂騒、「山嵐」の号令

日露戦争の特需で武器の商売は大繁盛、宿敵のロシアの艦隊は壊滅し、日本も国力を使い果たしたのを見て、宴席で羽目を外してはしゃいでいるのが英国人である。「野だ」は調子にのって、〈たま〳〵逢ひは逢ひながら〉（116左5）と、嫌な声で義太夫の真似を始める。芸者姿の戦死者たちは「霊々《たまたま》逢い」の「迷える御霊《みたま》」であるから、〈よしなはれやと芸者は平手で野だの膝を叩いた〉（116左6）のである。ここの「よしなはれ」は、「初出」の『ホト、ギス』では編集者によって「おきなはれや」に変えられている。「おきなはれ」という方言は「起きなはれ」と聞こえて具合悪いが、それだけではなく、ここは「よしなはれや」でなければいけない。芸者は「よう、死なはれや！」と言って、「生麦事件」の「武芸者」のように英国人を叩いたからであるが、その意味もわからず、「野だ」は〈恐悦して笑つてる。芸者に叩かれて笑うなんて野だも御目出度い者だ〉（116左7）とある。しかし、「野だ」は芸者に〈鈴ちゃん僕が紀伊の国を踊るから一つ弾いて頂戴〉（116左8）と応酬する。英国人が言う「奇異の国」「黄《き》色《い》人種の国」とは日本のことである。

調子に乗った「野だ」は、英国紳士の仮面をかなぐり棄てて、阿片と武器の商人の本性を現して狂い、〈丸裸の越中褌一つになつて〉(117左1)、鉄砲に見立てた〈棕櫚箒を小脇に抱い込んで、日清談判破裂して——と座敷中を練りあるき出した〉(117左2)のである。「野だ」がその箒で「うらなり」の行く手を通せん棒をするのを見た「山嵐」は、〈いきなり首筋をうんと攫んで引き戻した〉(118右11)のであるが、これに「野だ」は、〈日清——いたい。いたい〉(118右12)と悲鳴を上げ、〈横に捩ったら、すとんと倒れた〉(118左1)とある。これは『舎利』の「韋駄天立より宝棒にて、疾鬼を大地に打ち付せて、首を踏まえて」を髣髴とさせるが、「山嵐」にとってこの暴行は、生前に果たせなかった攘夷の実力行使である。また、横に捩られて「ぐらっと」して「すとん」と倒れた「野だ」の背後に居たのは、明治維新時に日本の「首筋を攫んでいた」英国の首相「グラッドストーン」という洒落なのであろう。「日清——いたい。いたい」は、「日清戦争に日本が完勝しまったこと」が、英国の東アジア植民地支配戦略にとって「痛かった」のである。

「山嵐」は、〈馬鹿に大きな声を出して、芸者、芸者と呼んで、おれが剣舞をやるから、三味線を弾けと、号令を下した。芸者はあまり乱暴な声なのであっけにとられて返事もしない。山嵐は委細構わず、ステツキをもってきて〉(117右8)、「天匂践《こうせん》を空しうする莫《なか》れ、時に范蠡《はんれい》無きにしも非《あら》ず」と、後醍醐天皇の忠臣児島高徳《こじまたかのり》に自分を重ねて吟じる。「山嵐」に不似合いなこの「ステッキ」は、紳士を気取った「野だ」から取り挙げたものであろう。

詩吟の剣舞に薩摩琵琶ならともかく、三味線などを伴奏に使えば悲壮感の緊張が弛み、はなはだ調子が悪い。だから、「山嵐」は、三味線には「委細構わず」、無伴奏で吟じたのかもしれないが、「艶っぽい」芸者の三味線があれば、亡霊たちの「通夜っぽい」宴《うたげ》向きであったのであろう。

「王政復古の大号令」が天皇睦仁によって発せられたのは、一九六八年一月三日（慶応三年十二月九日）である。大政奉還により、既に徳川幕府は政体としては消滅しており、松平容保の京都守護職は廃されていたが、この夜、小御所で催された王政復古後の最初の国政会議で、岩倉具視らは武力による実効的な倒幕を目的とする「徳川慶喜追討」を主張した。「大号令」によって朝敵にされ、時代を画す重要なこの「尊諱」から閉め出された「山嵐」であるからこそ、この機会に「馬鹿」に「大」きな声で「号令」を下して鬱憤を晴らしたのであろう[36]。

この「小御所会議」で、御所の「おやぢ」たちに御簾の内側の「壁際」に押し付けられていたのが小供の「坊っちやん」であったことは既に第一章で述べた。

この朝議への徳川慶喜の出席を主張する土佐藩主山内容堂から、「二三の公卿、幼沖の天子を擁し、陰険挙を行はんとし云々」と批判された岩倉具視は、「聖上ハ不世出ノ英材ヲ以テ大維新ノ鴻業ヲ建テ給フ今日ノ挙ハ悉ク宸断ニ出ヅ、妄リニ幼沖ノ天子ヲ擁シ権柄ヲ窃柄セントノ言ヲ作ス、何ゾ其レ亡礼ノ甚ダシキヤ」と反撃し、自分の発言は、すべて天皇の承認に基づくものであると主張した(37)。

岩倉は誰も逆らえない「坊っちゃん」の権威を持ち出し、それを最大限に利用したのである。

第六章　天誅の修羅場

祝勝式と招魂祭

〈祝勝の式は頗る簡単なものであつた〉（122右4）とは「坊っちゃん」の言であるが、実際の日露戦争の祝勝式典は、付随する諸行事を含めて一週間も続く盛大なものであった。一九〇六年四月三十日の天皇の大観兵式には三万一二一三名の将兵が参加し、戦死者の遺族たちのためには特別席が設けられた。戦争は既に終わり、祝勝式は東京で行なわれたのであるから、ここで能楽の舞台は旅順口の戦場から東京に転換されているとみてよい。

小説『坊っちゃん』が雑誌『ホトヽギス』四月号の付録として発表されたのは、まさにこの大行事が準備されていたときであった。この大規模な式典を主宰する予定の「坊っちゃん」が自ら、敢えて「頗る簡単であった」と、国家の大事業に水を差すようなことを言っているのは、生きて祝典に参加できる凱旋将兵の陰にいる、大勢の戦死者たちの「幽魂」に遠慮してのことであろう。

戦死者たちの英霊に対しては、観兵式の翌日、五月一日に招魂社で、天皇の「大勅祭」として招魂祭が催され、そこで「清祓式」が取り行われることになるのであるが、この行事とほぼ同時に読者の手許に届いたこの小説では、祝勝会の余興の場面で、招魂社に招かれた「幽魂」が、生還将兵たちに負けない盛大な賑わいを見せる。実際、戦死者の英霊は、行方不明と戦病死を含めると、観兵式の参加将兵の倍以上の六万六千余柱に及んでいたからである。

日露戦争の日本軍の人的損害の公式発表は次頁の表の通りである。

この数字で注目すべきは、将校については戦病死と負傷の率が高いのに対して、下士卒では行方不明者の数が戦死者の倍と異常に多いことである。将校でも行方不明は決して少なくない。逃亡した者などいなかったはずであるから、行方不明者の数字のほとんどは戦死を確認あるいは認定されなかった犠牲者の数と考えるべきであろう。参謀本部は、戦争勝利を喧伝し、手柄を誇示するため、戦死者の数を少なく発表したかったのかもしれない。あるいは、「出席簿」を携えた「三時の掃除の検分」にもかかわらず、戦死者たちを収容し特定できなかったため、行方不明とされてしまった将兵も少なくなかったのであろう。また、多くの者が適切な治療を受けられずに脚気で死んでいるのにもかかわらず、病死者の数も少なすぎる。正式に戦死者と

日露戦争における日本軍の人的損害（公式発表に基づく）

	将校	下士卒
戦死	678 人（7.38%）	19,068 人（4.56%）
行方不明	422 人（4.58%）	39,193 人（9.36%）
負傷	3,840 人（41.82%）	118,850 人（28.39%）
病没	210 人（1.8%）	7,158 人（2.2%）
疾病	13,415 人（18.29%）	345,282 人（11.16%）

出典：旧参謀本部編纂『日本の戦史　日露戦争』（徳間書店、1966 年）

認定されて記録されなかったこれら行方不明の多くの死者たちは、招魂祭に招かれなかったのであろうか。招魂されなかったのであるなら、彼らの「幽魂」が「迷子」になって彷徨し、「赤シャツ」に取り憑いて祟ったとしても致し方ない。

『趣味の遺伝』で、壕に飛び込んだまま冷たくなっていた「浩さん」を迎えに出たものはなく、その墓は政府が戦死者に贈った「真新しい御影石」ではなく、「古いと云う点に於いて大分幅の利く」、古色蒼然たる「河上家代々之墓」である。「浩さん」には戦死者のための新しい墓が国から与えられなかったようである。

招魂社が靖国神社となった現在、日露戦争の犠牲者たち護国の英霊として八万八四一二柱が祀られている。この数は、行方不明を含んだ先の参謀本部の数字より二万二千も多いから、「迷子」となった「幽魂」も招魂されているのであろう。英霊の柱の数が多いのは、正規軍ではない諜報員の「鼻たれ」の部下のような軍属も祀られたからであろうか。

『坊っちゃん』では、東京での実際の式典とは異なり、英霊たちの「招魂祭」は祝勝式の午後に設定にされている。それで、「坊っちゃん」は祝勝式を終え、〈一先ず下宿に帰つて、此間から、気に掛つて居た、清への返事をかきかけた〉（122右6）のである。それは「清祓式」によって「清」を思い出したせいかもしれない。

「清祓い」の筆

祝勝式から帰った「坊っちゃん」は「清」への手紙を書きかける。すると、後ジテの「孝明天皇」が息子を守るために「庭《にわ》」に現れ、「坊っちゃん」はその気配を感じる。〈筆と巻紙を抛り出して、ごろりと横になって肱枕をして庭の方を眺めて見たが、矢張り清の事が気にかゝる〉（122左11）のは父の霊力のせいである。手紙を書くのが〈面倒臭い〉（122左6）も「面を着けた人が到ったよう」の意である。

筆を噛《か》んで湿《しめ》す癖があった孝明天皇は、岩倉具視の義妹の女官、堀河紀子《もとこ》に筆に毒を仕込まれて暗殺されたとの噂が事件当時流布した。この話の真偽の程は極めて怪しいとも言われているが、危険な筆を恐れる亡霊は、「坊っちゃん」に霊力で働きかけ、それを抛り出させたのであろう。「清が払った」「清払い」の筆である。

結局「坊っちゃん」は、〈墨を磨つて、筆をしめして、巻き紙を眺めて――巻き紙を眺めて、筆をしめして、墨を磨つて――同じ所作を同じ様に何辺も繰り返したあと、おれには、とても手紙はかけるものではないと諦めて硯の蓋をして仕舞つた〉（122左3）のである。

天皇は、巻き紙の詔書を眺め、署名して御璽を押すことが仕事であるから、この同じ所作を何遍も繰り返えさなければならないが、「坊っちゃん」は、筆と巻紙を抛り出してごろりと横になったのである。

漱石の後年の作『道草』（百一章）にも同じような場面がある。遠い所から帰って来て世帯を持った健三は、「予定の枚数を書き了《お》へた時《とき》、彼は筆《ふで》を投《な》げて畳《たゝみ》の上《うへ》に倒れた。「あゝ、あゝ」彼は獣《けだもの》と同じやうな声《こゑ》を揚《あ》げた」とある。そして、それは「恰《あたか》も自分で自分の身体《からだ》に反抗でもするやうに、恰《あたか》もわが衛生を虐待《ぎやくたい》するやうに、又己《おの》れの病気に敵討《かたきうち》でもしたいやうに」あげられた声である。

「巻き紙」に「御名《ぎよめい》」を認《したた》めた「孝明天皇」も、おそらく倒れてうめき声を揚げたのであろう。「身体に反抗」し、「肉体を毀損」し、「衛生を虐待」し、「健康を破壊」する害を及ぼすのが毒薬である。だから、「坊っちゃん」はハムレットのように、毒殺された父の敵討《かたきうち》を実行する。

「山嵐」は骨董屋の「いか銀」の女房について、〈一幅売りや、すぐ浮いてくるつて云つてたぜ〉(63左11)と「坊っちゃん」に知らせるが、この「女房」も天皇を「裏切った」御殿女中であり、「一幅《いっぷく》売る」は「一服《いっぷく》盛って君を売る」であろう。この毒殺の風説には根拠がないとしても、孝明天皇急死の後、倒幕派の下級公家の岩倉具視が「すぐ浮き上がって」、「坊っちゃん」最初の「尊諮」の場である「小御所会議」を仕切ったのは歴史的事実である。

仕組まれた喧嘩騒動

「坊っちゃん」と「山嵐」を生徒たちの乱闘に巻き込んで窮地に追い込むのは「赤シャツ」の「弟」である。その騒乱の責任を問われた「山嵐」は職を解かれて追い払われる。

歴史上の人物の山県有朋に弟はいないが、「坊っちゃん」と「山嵐」を罠に掛けたような汚れ仕事をさせた弟分ならいた。山県がその男を使って騒擾を仕掛け、それに加担した兵士たちを処分した事件があった。「竹橋事件」と呼ばれる近衛砲兵連隊の反乱である。

一八七八年(明治十一年)八月、竹橋の近衛砲兵連隊の兵士たちが、劣悪な待遇と西南戦争の論功行賞を不満として、天皇に直訴しようと蜂起した。しかし、事前にこの計画が漏れ、他の部隊との連繋にも失敗した彼らは反乱軍として即日鎮圧され、五十三名以上が密かに銃殺され、百十八名が流刑に処せられ、監獄で死んだ者も少なくなかった。山県有朋の命令でこの反乱を鎮圧し、西南戦争を共に戦った淳朴な若者たちを銃殺し、死骸を処理させられたのは乃木希典である。この事件は、反乱の首謀者の一人であった岡本柳之助だけが処分を免れたことからもわかるように、山県が岡本を使って仕掛けた謀略であった(38)。

『三四郎』には、「乃木大将」である広田先生が竹橋に鉄砲を担いで行った時、「鼻が赤い」と言われたと書かれている。「鼻が赤い」のは「畠の艸《くさ》が赤い」であり、「畠の草が血にまみれた」のは農民出身の兵たちが銃殺されたことを言うのであろう。

乃木は、その日の日記にこう記している。

天意有るが如く自ら悲傷し　暗雨凄風魂を断たんと欲す
五十三の干城の壮士　空しく反罪を得て刑場に上る

山県の「弟分」あるいは「子分」の岡本柳之助は、一八九五年（明治二八年）の「乙未事変」、つまり朝鮮李王朝の明成皇后閔妃の暗殺にも関与した。この事件は深刻な国際問題となり、朝鮮半島では一気に排日運動が広がった。しかし、広島で裁判を受けた実行犯の岡本らは、竹橋事件と同様放免された。漱石は一八九五年十一月十三日付の正岡子規宛書簡で「近頃の出来事の内尤もありがたきは王妃の暗殺」と書き、「あってはならない、許せないこと」と断じている。

「坊っちゃん」はこの「赤シャツ」の「弟」について、〈学校の生徒で、おれに代数と算術を教いる至つて出来のわるい子だ。其癖渡りものだから生まれついての田舎者よりの人が悪い〉（94右5）と酷評している。この場合、「代数」は「支配者を代える」「代枢」、「算術」とは「簒奪術」で、岡本は「朝鮮王朝の王を代え、王位を簒奪する術を教唆する」、「赤シやツ」より「質《たち》の悪い流れ者」という意味なのであろう。

二回目に取り次ぎに出て〈また来たかと云ふ眼付をした〉（100右10）この「弟」に対して、「坊っちやん」は〈用があれば二度だつて三度だつて来る。よる夜なかだつて叩き起こさないとは限らない〉（100右10）と言うが、近衛連隊の「竹橋事件」で夜中の反乱軍の「どん、どん、どん」で叩き起こされたのは「坊っちやん」の方であり、「また来たか」と言われるべきは、二度も陰惨な謀略事件で裁判に掛けられた「流れ者」の方である。

改正できない四国の新聞記事

「坊っちやん」と「山嵐」が喧嘩騒動を煽動したと書き立てたのは「四国新聞」である。この「四国」とは、列強の英仏蘭米「四ヶ国」のことである。この捏造記事の〈軽薄なる二豎子の為めに吾校の特権を毀損せられて、此不面目を全市に受けたる以上は、吾人は奮然として起つて其責任を問はざるを得ず。吾人は信ず、吾人が手を下す前に、当局者は相当の処分をこの無頼漢の上に加へて、彼等をして再び教育界に足を入る、余地なからしむ事を〉（132左7）の、「吾校」を「吾国」、「全市」を「世界」に置き換えれば、「生麦事件」他の外国人殺傷事件について、「列強四国」の代表である英国が「当局者」の幕府に抗議した外交文面となる。不平等条約下であるから「特権」があり、それを守るためには「吾人が手を下す」つまり「武力に訴える」という脅しの砲艦外交文書である。

曾てこのような新聞記事が実際に書かれたことがある。英字新聞の「ジャパン・タイムズ」に掲載されたアーネスト・サトウによる匿名の論説がそれである。これはすぐに邦文にされ『英国策論』として関西で出版された。この翻訳冊子を急いで流布させたのは、長州の下関と薩摩の鹿児島の開港を幕府と藩主たちに認めさせて両藩に武器を供給し、同時に倒幕の機運を諸藩に喚起するという思惑が英国にあったからである。

この訳書では「今ヨリ千八百六十八年一月一日迄ニハ」と、兵庫開港の期限が提示され、この期限までに「当所置ナクテハ我々無事ニ彼港ニ居住スル事覚束ナシ」と書かれているが、原語では「この期日までに何らかの措置がとられない場合は、強制と流血に訴えても、我々が港に居留地を設けざるを得なくなることを恐れるものである」(39)と露骨な恫喝を行っている。この新聞記事の掲載と翻訳冊子の頒布を仕組んだのは長州人の「赤シャツ」と英国人の「野だいこ」の一派である。

「坊っちやん」は、この「四国新聞」の記事の取り消しと訂正の交渉を校長に求めるが、全く埒があかない。それもそのはず、この訂正要求は、幕末に批准された「不平等条約」の改正をめぐる列強との交渉の捩《もじ》りであるからである。

また「坊つちやん」の〈新聞なんて無闇な嘘を吐くもんだ。世の中に何が一番法螺を吹くと云つて、新聞程の法螺吹きはあるまい〉(133右7)の言は、「法螺貝」を吹いて戦《いくさ》を煽った新聞批判でもあろう。一九〇五年(明治三十八年)の御製にはこうある。

みな人の　見るにひぶみに　世の中の　あとなしごとは　書かずもあらなむ

招魂された「幽魂」

「山嵐」は〈今日は高知から、何とか踊りをしに、わざわざここ迄多人数乗り込んで来ているのだから、是非見物しろ。滅多に見られない踊りだと云ふんだ、君も一所に行つて見給へ〉(126右9)と「坊っちやん」を祝勝式典の催しに誘う。戦死した勇士たちの実状に詳しくその心情を熟知する「山嵐」は、「坊っちゃん」にこの踊りを是非見てもらいたいのである。ここの「君」「給え」も天皇に対する最上級の敬語であろう。

「坊っちゃん」は〈汐酌みでも何でもちゃんと心得て居る。土佐っぽの馬鹿踊りなど見たくもないと思ったけれども〉（126左2）と言いながらも、結局出かけることになる。「汐汲み」は謡曲『松風』にあるが、ここで言う「汐酌み」とは「松樹山」の風に散った花である兵士たちの「死を酌み」であろう。「死を斟酌する」、つまり「戦死者の慰霊」のことは「心得ている」と「坊っちゃん」は言いたいのであろう。

この「高知」の踊りは、午後の「招魂祭」の余興である。「午前の」「祝勝式」、つまり「御前」の「観兵式」と違って、〈大きな空がいつになく賑やかに見える〉（126左11）のは、招かれてやって来た無数の戦死者の「幽魂」が天空にひしめいているからである。(40)

〈舞台を右へ半町許りくると葭簀の囲いをして、活花が陳列してある〉（127右1）のを見た「坊っちゃん」は、〈あんなに草や竹を曲げて嬉しがる〉（127右3）ことを〈一向くだらないものだ〉（127右3）と言うが、それは「菊人形」についてである。自然の状態におくべき植物を曲げて人工的な「菊人形」にすることを「くだらない」との批判は、徴兵した若者を、「軍人勅諭」に基づいて教育して訓練し「菊の御紋」鉄砲を担ぐ兵士に無理やり仕立て上げることへの漱石の嫌悪感の吐露である。『三四郎』にも、司令官の「広田」と参謀長の「野々宮」がこの洗脳教育を、「菊の培養法」として論じる場面がある。

〈ぽんと音がして、黒い団子がしゅつと秋の空を射抜くように揚がると、それがおれの頭の上で、ぽかりと割れて、青い烟が傘の骨のように開いて、だらだらと空中に流れ込んだ〉（127右8）のは、「ぽんという音」がして、黒くなった団子つまり「男子」の「犠牲者」たちが、「坊っちゃん」のところへ「だらだらと血を流し」「骨になり」「烟となって」飛来したかのようである。しかし、実際に「招魂祭」が営まれたのは五月一日である。「秋の空を射抜く」では季節が違う。したがって、ここは「男子がしゅっと射抜かれた」秋の旅順攻防戦当時のことを霊たちは訴えているであろう。

「祝勝式」は、午前の「観兵式」に比べて〈今度は大変な人出〉（127左3）であり、〈こんなに人間が住んでいるのかと驚いた位うじやくくしている〉（127左4）とあるが、「こんなに人間が死《し》んでいるのか」という言い方は作為的であるから、「坊っちゃん」は「こんなに人間が住んでいるのかと驚いたのであり、それは「蛆《うじ》や蛆《うじ》や」の無残な姿の夥しい数なのである。

〈利口な顔はあまり見當らないが、数から云ふと慥に馬鹿にできない〉（127左5）の、「利口」は「口を利《き》く」で、その顔が見当たらないのは、皆「口なし」の朽《く》ちた死者であるからである。

「爾霊山」の群舞

「一夜限り」の舞台で踊られる「滅多に見られない高知の踊り」とは、「二百三高地で戦死した兵士の亡霊たちの群舞」、つまり「高地の踊り」である。「坊っちゃん」は「高地」を「土佐の高知」と「早合点」して「土佐っぽ」と言ったのである。

〈悉く抜き身を携《さ》げいるのには魂消《たまげ》た〉（127左10）と「坊っちゃん」が言う「高地」の亡霊たちのこの踊りは、拍子に合わせて抜き身が光る「ぴかぴか踊り」の剣舞である。十人が三列、三十人の亡霊が能舞台で舞うのは、実際に踊れたなら壮観であろうが、「十坪の平庭」の舞台いっぱいの霊魂の群舞は、めったに見られるものではない。

〈いかめしい向ふ鉢巻をして〉（127左9）踊られるのであるが、「厳《いか》めしい」鉢巻とはどのようなものであろうか。この鉢巻は「いかめしい」のではなく、「うらめしい」幽霊の額に三角布のあるもののことであろう。初版の編集では、ここの「向う鉢巻」が「後ろ鉢巻」に変えられている。決死隊は決して「後ろを見せない」のであるから、「後ろ鉢巻」ではいけない。

この群舞は、〈隣りも後ろも一尺五寸以内に生きた人間が居て〉（128左1）、その〈動く範囲は一尺五寸立方のうちにかぎられる〉（128左10）のである。前後左右「一尺五寸」の距離を保って一人が動ける立方が三十も整然と並んでいるのである。これは祀られて神になった「三十柱」の兵士の「御魂《みたま》」のことを言うのであろう。「生きた人間」とは「生きている人間」ではなく、以前「生きていた人間」のことである。

「一尺五寸以内」とは、皆一様に「一銭五厘」以下の命であったという意味であり、墓に葬られた一柱の英霊が「自由に動くことを許されている空間」は、全員が同じ形の墓石の「立《りっ》方《ぽう》」の柱の中に限定されているということなのであろう。国が戦死者のために用意する「ぴか〳〵」の墓は完全に規格化されたものだから、戦死者全員が完全に規格化された同一の動きで「ぴか〳〵踊り」を見せるのであろう。ピカピカの新しい戦死者の墓石が整然と列をなして並んでいる光景が目に浮かぶ。

また、〈隣りのものが一秒でも早過ぎるか、遅すぎれば、自分の鼻は落ちるかもしれない、隣の頭はそがれるかもしれない〉（128左7）とあるが、普通は「鼻が削がれ」「首が落ちる」と言うから、ここの表現は逆である。この亡霊たちは白刃を振るって突撃したものの、無惨に殺された霊界の者たちである。霊界では現世と表現が逆になるのであろうか。

戦争に「勝った勝った」と皆が言うものの、その犠牲が余りにも大きかったことに心を痛めた明治天皇は、「建安府」で、その正確な読み方を尋ねながら、「柱」となって祀られる一人一人の名前を心を込めて読み上げていたと伝えられる。

国のため　失せにし人を　思ふかな　暮れゆく秋の　空をながめて

「秋の空を射抜い」て英霊たちが現れたかったのは五月の「清払式」の空ではなく、この御製の「暮れゆく秋の空」であったのであろう。

『趣味の遺伝』には、「死したる人の名を彫《きざ》む死したる石塔と、花の様な佳人とが融合して一団の気と流れ」とある、そしてこの小説は「天下に浩さんのことを思つて居るものは此御母さんと此御嬢さん許りであらう。余は此両人の睦まじき様を目撃する度に、将軍を見た時よりも、軍曹を見た時よりも、清き涼しき涙を流す」と結ばれている。「清き涼しき」であるから、「浩さん」を悼んで涙を流しているこの語り手の「余」なる人物も、やはり「清涼殿」の主なのではなかろうか。

遥かに照らせ山の端の月

そして能の本舞台では遂に、「坊っちゃん」と「山嵐」が悪鬼たちに天誅を加える修羅場が演じられる。「韋駄天」の「山嵐」は、この場面では、「然るに君の宣旨には、勢州鈴鹿の悪魔を鎮め、都部安全になすべし」と、「鬼」を退治する「田村丸」の「面」をつけているかのようである。守護職の「山嵐」は長州の「逆臣に仕へし」悪魔を鎮めるため、まさに「おれが居なくちゃ日本が困るだろう」と振る舞う。

修羅能『田村』の「さる程に山河動かす鬼神の声、天に響き地に満ちて、満目青山動揺せり」の「山河」、「青山」の「山」の「鬼神」が「赤シャツ」である。

幕末の京の街で「天誅」として闇討ちの狼藉を行っていた過激派を厳しく取り締まった松平容保が、この「桝屋」の張り込みでは、立場が逆転し、「山嵐」の方が待ち伏せて闇討ちの「天誅」を行うところが面白い。

〈あんな奸物をあの儘にしておくと、日本の為によくないから、僕が天に代わって誅戮を加へるんだ〉（125左3）の「赤シャツ」に対する「山嵐」の言は、「野だ」に対する「坊っちゃん」の〈沢庵石をつけて海の底へ沈めちまう方が日本の為だ〉（57左9）と対《つい》になっている。「天の誅戮」は「天皇による誅戮」でもあろう。

辛抱強く、二階の障子の穴から「角屋」の監視を続ける「山嵐」に、「坊っちゃん」は〈今日は何人か客があって、泊まりが何人、女が何人と色々な統計を示すのには驚いた〉（141左7）のであるが、これは「赤シャツ」の組織した公安警察が得意とする張込み監視、密告の奨励という自由抑圧の常套手法の諷刺である。

この場面にも「孝明天皇」の霊が現れ、「坊っちゃん」を見守っている。〈黒い帽子を戴いた男が角屋の瓦斯灯を下から見上げた佟暗い方へ通り過ぎた。違つている。おや〳〵と思った〉（143左2）とあるからである。衣冠の「黒い帽子」を「戴冠」する父を、「おや？親」と思ったのである。

いよいよ天誅が始まろうとするとき、〈月が温泉《ゆ》の山の後からのつと顔を出した〉（143左8）とある。この情景で思い当たるのは、和泉式部の歌である。地謡がこの歌を朗々と吟じると、シテの「孝明天皇」が舞い始め、この夢幻能一番の見せ場となる。

暗きより　冥《くら》き道にぞ　入りぬべき遥かに照らせ　山の端の月

夢幻能の『鵺《ぬえ》』では、シテの化物が海に沈んで冥界に帰って行く大詰めで、この和歌を引用し、「闇を照らせ山の端の月、海月と共に入りにけり」と地謡が声を合わせるが、ここでは「暗きにより冥き道に入る」は「暗殺により冥界へ入る」であり、「月が照らしている」のは、「遥か」向うの「山の端《は》」である。したがって、毒殺に関与した者、長州の「山県有朋」、そして、闇の「暗場《くらば》」に居た「トマス・グラバー」であることをシテが教唆しているかのようである。東山の泉涌寺の「山の端」の「後月輪山陵」の「孝明天皇」は「坊っちゃん」と「山嵐」

に、「赤シャツ」と「野だいこ」の姿を確認させて、「誅殺せよ！」と最後の檄を飛ばしたのである。ハムレットの父王の亡霊なら、剣を「十字の形」に立て、「誓え！」と息子に命じるところである。

勇み肌の「坊っちゃん」

八日目になってやっと「赤シャツ」と「野だ」が現れる。二人は聞かれているとも知らず、〈あのべらんめえと来たら、勇み肌の坊っちゃんだから愛嬌がありますよ〉(144右5)、〈邪魔ものは追っ拂った〉(144右2)、〈強がる許りで案がないから、仕様がない〉(144右4)、〈増給がいやだの、辞表が出したいのつて、ありやどうしても神経に異状があるに違いない〉(144右7)と言いながら、〈瓦斯灯の下を潜って〉(144右11)、つまり、漂っている人魂《ひとだま》の下を潜《くぐ》って角屋に入ったのである。

亡霊の「山嵐」は彼らにとって「邪な魔物」であることは事実であり、「坊っちゃん」が神の系譜を継ぐ「神系《しんけい》」皇位を「委譲《いじょう》」されたことも確かであるが、「勇み肌」については全くの下司《げす》の勘ぐりである。

明治天皇は、満州派遣軍総司令官の大山巌の留守宅に、その妻の捨松をしばしば訪問していたことが知られている。「野だ」はそれを指して、「間男」「マ男」の「勇」肌の「坊っちゃん」と言ったのであろう。英国の帝国主義的思惑を見破っていた大山捨松は、「愛嬌」どころか、侮れない強敵であったから、「野だ」は卑怯にも醜聞で貶《おとし》めようとしたのである。

捨松は少女時代に、会津戦争で藩主「山嵐」の指揮下で、「野だ」が長州に売りつけた大砲の砲弾を「どん、どん、どん」と集中的に撃ち込まれる凄惨な籠城戦を体験した。その後志願して、最初の女子留学生として米国で学んだ彼女は、狡猾な英国の外交と交易の手口をよく理解していた。米国ヴァッサー・カレッジの論文『英国の対日外交政策』では、「英国は日本の文明化を望んでいるように振る舞っているが、本心は貿易取引の利益のための植民地的支配であり、インドなどと同じ運命に日本を辿らせるものである。英国が不平等条約による対日政策を続け、日本を従属させようとするなら、日本国民は最後の一滴まで血を流しても抵抗し、独立のために戦うことをやめないであろう」と論じ、その卒業講演は大喝采を浴びた。日露戦争中は留学中に培った人脈を通じた米国社会に日本への協力を取り付け、現地の新聞の取材にも総司令官の妻の立場で積極的に応じて親日世論を喚起した。「日本の文明化を望んでいるように振る舞っている」と指弾されているのが、まさに英国紳士を装った「野だ」である。

また、近代看護法も学んでいた捨松は、戦場の傷病兵に必要な包帯や医薬品を送るなどの銃後活動も献身的に行った。旅順で「白襷隊」が「松樹山」に切り込んだ四日後の十二月一日の手紙では、寄付金を送ってくれた米国の親友アリス・ベーコンにこのように心情を伝えている。

戦場で苦労している兵士たちのことを聞くと、少しでも多くの慰問品を買って戦場に送ってあげたい気持ちになります。〔…〕起きている間は、念頭から戦争のことが消えません。〔…〕今、一番つらいことは、戦死者の遺族を訪ね、慰めの言葉をかける時です。もちろん、祖国のために死ぬことは名誉なことでありましょう。しかし、国中がその人の勇敢な行為と名誉ある死を賛美したとしても、私たち女は、悲しみを押し殺して愛国者となる前に、妻であり母なのですから。

この文面の「私たち女は、悲しみを押し殺して愛国者となる前に、妻であり母なのですから」を、「朕は大元帥である前に、日本の国の天皇であるから」に置き換えれば、そのまま「坊っちゃん」の気持ちを代弁する言葉になるかもしれない。

日露戦争を遂行させる重責を負いながら、日本を食い物にしようとする「野だいこ」を親の仇とする「坊っちゃん」にとって、このような信念をもって行動している大山捨松は頼もしい同志であった。したがって、そのサロンに顔を出していることは不思議でも不自然でもない。

また、捨松のような少女たちまでもが命懸けで戦った悲惨な会津戦争のことを、「強がる許りで案がないから、仕様がない」と切り捨てた「赤シャツ」の言葉に会津藩主の「山嵐」が激怒するのは当然である。

杉並木の仇討ち

〈温泉《ゆ》の町をはづれると一丁許りの杉並木があつて左右は田甫である。それを通りこすと、かしこに草葺きがあつて、畠の中を一筋に城下まで通る土手がある〉（145左4）という「杉並木」が、天誅を加える場所に選ばれた舞台である。

「坊っちやん」と「山嵐」が選んだこの「杉並木」は、松平容保が維新後に宮司を務めた「日光東照宮」を思い出させるが、「杉並木」の意味はそれだけではない。それに「一丁許り」は、百十メートル程であるから、並木と言うには短すぎる。ちなみに、日光の並木は総延長で三十五キロ以上あり、短い区間でも六キロ近く並木が途切れない。

ここで襲撃された「赤シャツ」と「野だ」については、〈仕舞には二人とも杉の根方にうづくまつて動けないのか、眼がちら〳〵するのか、逃げようともしない〉（147左5）、〈両人ともだまつて居た。ことによると口をきくのが退儀なのかも知れない〉（148右1）と記されている。これでは「赤シャツ」は「山嵐」に、「野だ」は「坊っちやん」に「誅殺」されたかのようである。なにしろ二人とも「生かしておいては日本のためにならない」悪鬼である。

「一丁許りの杉並木《すぎなみき》」は「孝明天皇」の「一斗《と》許りの好《す》きな神酒《みき》」と読むこともできるかもしれない。「丁」は横にすれば「ト」である。こうして「坊っちゃん」は、その遺志にしたがって仇討ち攘夷の本懐を遂げ、それを「越後の酒瓶《ささがめ》」を供えて父の霊前に報告したのであろう。

翌日、「山嵐」が「港屋」の〈二階で寝て居た〉（148左1）のは、「天井上」、つまり「殿上」への「昇殿《しょうでん》」を許され、「御上がり」と言われて「昇天《しょうてん》」できるという意味であろう。「山嵐」はもはや朝敵ではなく、薩長の謀略を撥ね退けて汚名を雪《そそ》ぎ、天皇の守護職として、晴れて冥界に戻って行けるのである。

「清」の墓は泉涌寺にある

「不条理な流血」の「不浄な地」の碌でもない戦場を後にした「坊っちゃん」が、「山嵐」とは〈すぐ分れたぎり今日迄逢ふ機会がない〉（148左11）と言うように、「山嵐」は名誉を回復して、会津の「東山」の廟所に戻ったきりのようである。しかし、頑固な古武士の「山嵐」のことである。その後、此世の余りの不条理に義憤を押さえきれず、再び亡霊となって娑婆に舞戻ることはなかったであろうか。

天誅の仇討を済ませた「坊っちゃん」は、「北向きの山上」を訪れ、「後月輪陵」の拝殿で再び「清」の姿となった「父」に再会する。〈よくまあ早々帰つて来て下さつたと涙をぽた〳〵と落とした〉(149右3)「父」に「坊っちゃん」は、〈おれも余り嬉しかつたから、もう田舎には行かない、東京で清とうちを持つんだ〉(149右4)と言う。ただし、「孝明天皇」にとって、「東京」とは息子が「訪《と》う京」のことであり、東京が「田舎」である。

そして、「清」は〈気の毒なことに今年の二月肺炎に罹つて死んで仕舞つた〉(149右9)のである。愛する息子との別れ際、「清」は、〈坊っちゃんの御寺に埋めてください〉(149右11)との言葉を残して、舞台から去り、「御寺《みてら》」の泉涌寺に還るため「仕舞った」のである。

こうして「孝明天皇」と「松平容保」は、二人ともそれぞれ旭日を拝する「日向《ひむかし》」の「東山」に舞い戻り、漱石の壮大なこの夢幻能は終了する。〈だから清の墓は小日向の養源寺にある〉(149左1)が、この能楽の終止の言葉である。[41]

しかし、「坊っちゃん」は、世のほとんどの息子たちと同じように、引き立て守ってくれた父に、その恩愛を「十倍にして」、冥界へ「帰してやりたくても帰せなかった」のである。

そして「坊っちゃん」は「清」の待つ寺には葬られることはなかったが、肌身離さず持っていたその持念仏は、父の山陵があって、韋駄天像が守護する泉涌寺に納められた。

そして、「坊っちゃん」は、自分のその後について、〈其後ある人の周旋で街鐵の技手になつた。月給は二五円で、屋賃は六円だ〉（149右7）と明かしている。普通の就職なら「月給が二十五円」であったとしても、そこからの家賃支出についてまで公表する必要はない。しかし、ここで語られている仕事とは、「天皇」の特殊な職務であり、払っているのは普通の「家賃」ではない。「初版」で「家賃」に変えられているが、「原稿」と「初出」では「屋賃」である。「屋賃」とは、店舗などの借料あるいは営業権料を思わせる。

実はこの「街鐵《がいてつ》」とは、国外の鉄道の「外鐵《がいてつ》」、「街鐵《まちてつ》」の「満鐵《みちてつ》」であり、「技手《わざしゅ》」はこの国策事業の「業主《わざしゅ》」のことである。

「坊っちゃん」の国は、米国大統領が「周旋」してくれたポーツマス講和会議で、満州にロシアが敷設した鉄道の権益を手に入れた。それで「坊っちゃん」は、この「満鐵」の「事業主」となり、旅順口攻略の功労者の児玉源太郎を会社設立の委員長に任命した。「屋賃」とは鉄道の租借料のことであろう。[42]

この鉄道は、一九〇六年四月二十四日にロシアから移譲されたが、「南満洲鉄道」として設立されたのは、松樹山の白襷隊の三周忌を済ませた翌日の十一月二十八日であった。

『坊っちゃん』が執筆されているまさにその時、この鉄道の引き渡し条件の交渉が「日露鉄道委員会」で続けられ、その経過について新聞が連日のように報道していたのであるから、「街鐵」が満州の利権を意味することを理解した読者は少なくなかったはずである。

亡霊たちが冥界に帰って行ったため、〈漸く娑婆に出た様な気がした〉（148左11）と言う「坊っちやん」であるが、娑婆の現実は決して心休まるものではなかった。日露戦争に勝利して勢いづいた軍部は発言権を強め、日本国は朝鮮半島から満州へ進出する対外膨張策を選択し、「坊っちやん」を神格化する軍国主義の強権政治に傾斜して行くことになるからである。

終章　百年かけて斃す敵

骨董の「火山」と「三笠」

「坊っちゃん」は、「山嵐」に紹介されて「いか銀」のところに下宿する。この「いか銀」の四歳年嵩の女房は〈正にヰッチに似て居る〉（23右4）と書かれている。四歳年嵩の女房と言えば、実際は四歳年上であるのを、三歳の年上ということにして、明治天皇の皇后に選ばれた一条美子《はる》、後の昭憲皇太后のことが思い浮かぶが、なぜヰッチ（ウィッチ）、つまり「魔女（witch）」なのかは全く説明がない。しかし、原稿を見ればこの「魔女」の意味がわかり、昭憲皇后とは全く関係がないことも確認出来る。漱石の字はどう見ても「ヰッチ」ではな

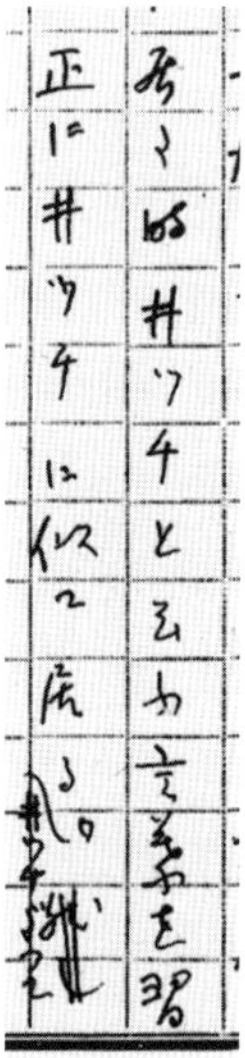

「井ッチ」の表記（23右3-4）

く「井ッチ」である。

これは「井」の「魔女」であり、「四歳年嵩」の「四つ目」「四《し》」の魔女であるなら、「井戸」に身を投げて死んで、夜な夜な迷いで出て皿を数える幽霊、皿屋敷の「お菊」であろう。「いか銀」が「皿屋敷」であるなら、「皿洗」ならぬ「血洗村」の出身として思い当たるのは渋沢栄一である。渋沢が確立した銀行制度が「いか銀」なのであろうか。

この「いか銀」は怪しげな骨董屋でもあって、「坊っちゃん」に高価で物騒な物をいろいろ押し売りに来る。

手始めは印材である。〈十ばかり並べて置いて、みんなで三円なら安い物だ御買いなさいと云ふ〉(27左10)のであるが、〈田舎巡りのへぼ絵師ぢやあるまいしそんなものは入らない〉(27左11)と「坊っちゃん」は断る。絵師が使用する印は「落成款識《らくせいかんし(き)》」である。つまり「落成艦一式《らくせいかんいっしき》」である。「いか銀」が買えというのは、ロシア海軍を牽制するための新建造の軍艦一式、つまり新しい艦隊なのであろう。「清」が「坊っちゃん」に渡した「三円」を使ってしまえと言うのであろう。

次に持って来たのは〈華山とか何とか云ふ男の花鳥の掛物〉(28右1)である。〈華山には二人ある。一人は何とか華山で、一人は何とか華山ですが〉(28右3)と説明されているように、確かに華山《かざん》(崋山)には、渡辺崋山と横山華山の二人がいる。しかし、この二人は「いか銀」の商売とは何の関わりもない。「いか銀」が〈金なんか、いつでも宜う御座います〉（28右7）と、銀行屋らしく融資まで付けて「坊っちゃん」に売りつけたのは二つの「火山《かざん》」の「富士」と「浅間」であるからである。

この二つの「骨董品」は、ロシアの戦艦と戦うために日本が英国から購入した最新鋭の軍艦の名である。

一八九七年にテームズ社から購入された「富士」は、帝国議会でその購入が三度否決されたため、天皇自らが宮中費を節約するということで、ようやく予算を議会を通して買うことができた戦艦である。〈金がないと断はる〉（28右7）と「坊っちゃん」は言うが、「金がない」と拒否したのは、租税が高くなることを嫌って反対した地主層の意を受けた議会の方である。その意味では、この「火山」は「税を過重《かちょう》に掛ける」「課徴《かちょう》の賭物《かけもの》」、「花鳥の掛物」であるには違いない。

したがって、〈金があつても買はないんだと、其時は追つ払つちまつた〉（28右8）との言とは逆に、「坊っちゃん」は「金がなくても」自分の生活費を返上して、「富士」を購入させたのである。〈是でも月給が入らないから返しに来んだ〉（100左1）の心意気である。

もう一方の「浅間」は、一八九九年にアームストロング・ホイットリース社から購入された最新鋭の巡洋艦である。一九〇三年の神戸沖での海軍観艦式のときに、御座船となったこの艦上から見た旗艦「三笠」以下の新鋭の艦隊に、天皇はことのほか上機嫌であったと伝えられる。そのときの御製である。

　のどかにも　旗たなびきて　いくさ船　つらなる沖の　かすみはれたり

幕末に四国艦隊が殺到し、開港を要求して父の孝明天皇に脅しを掛けたのがここの海域であっただけに、天皇は今や堂々たる「浮かべる城」の日本の艦隊の頼もしさに、「かすみ」も晴れ渡った心地であったのであろう。

「いか銀」が最後に持ち込んできた「大硯」の「端渓」は「上層、中層、下層」のうちの「中層」で、「石眼《せきがん》が三つ」ある上物であるが、これは戦艦「三笠《みかさ》」を指す。「眼」があるといえば「蛇の目傘」であり、「三つの笠」で「三笠」、あるいは「三眼《みがん》さ」という地口であろう。

一九〇〇年に日本海軍が購入したヴィッカーズ社製の戦艦「三笠」は連合艦隊の旗艦となった。東郷平八郎提督が日本海海戦を指揮したのは、この「上層、中層、下層」三層構造の「中層」艦橋上においてであった。この艦の購入も議会が承認しなかったため、西郷従道と山本権兵衛が「二人で天皇にお詫びをして、二重橋で切腹して果てても、艦は残る」と腹を括り、議会を無視して予算を流用したと言われている。金がどこかにあったからそれができたのであろう。

この「端渓」について、〈坊主が支那から持つて帰つて来て是非売りたいと云ひます〉（28左4）と「いか銀」は言うが、戦艦「三笠」は、清国の「支那《しな》」ではなく、大英帝国の「支邦《しほう》」の「坊主」によって仲介された戦艦である。「うらなり」の送別の宴で、「野だ」が箒を抱え込んで「日清談判破裂して」と練り歩くのを、「坊っちゃん」が〈貴様はちやん〳〵だらう〉（118右4）と言って拳骨を食らわすのはそのためである。

〽日清談判破裂して　品川乗り出す吾妻艦　続いて金剛浪速艦
西郷死するも彼がため　大久保殺すも彼がため
遺恨重なるチャンチャン坊主

この「チャンチャン坊主」が「野だいこ」であり、この「野だいこ」こそが「三笠」を斡旋した「支邦人《しほうじん》」である。そして、その「支《えだ》」の「邦《くに》」とは「連合王国（United Kingdom of Great Britain and Northern Ireland）」に属するスコットランドである。西南戦争で西郷隆盛が死んだのも、大久保利通が暗殺されたのも、「支邦《しほう》」の武器商人「チャンチャン坊主」、つまりスコットランド出身の「野だ」に代表されるイギリスの死の商人のせいだと言うのであろう。

ひとつ断っておかなければならないことがある。「坊っちゃん」の言葉は威勢がいいのは良いとしても、「下女」「小使」「チャンチャン」「気違い」「馬鹿」「田舎者」など差別的な用語を恬として憚ることなく使っている。それは配慮を欠き、傲岸で乱暴な印象を与えるかもしれない。しかし、漱石は決して特定な人々を見下して蔑視したり貶《おとし》め、差別する意図があってこれらの言葉を使っているのではない。この小説に登場する特定の人物の渾名として使用しているだけである。「下女」は「夢幻能」の前ジテの役回り、「気違い」は侵略者で阿片商人の英国人、「小使」は倒幕軍参謀、「女」は旅順の第三軍参謀長など、「田舎者」は藩閥政府の成り上がり者、「チャン」は大英帝国を構成するスコットランドの武器商人、というように、すべては「仁」も「徳」もなく不公正で強権的な為政者、及び、増長した軍の権力者、強欲な死の商人を諷刺し罵倒するための符牒である。

また、「いか銀」も渋沢栄一が確立した欧米流資本主義の銀行業を諷刺するものであったとしても、その諷刺による批判は莫大な軍備費、軍事予算に群がった政商と金融業者に向けたものであり、渋沢栄一が軍艦を政府に買わせたということではない。渋沢は「士魂商才」を標榜して『論語と算盤』を著し、日本式の「道徳経済合一」の経営哲学を確立し、自分の財閥を持たなかった「仁徳」にも篤かった人物である。したがって、トマス・グラバーや山城屋和助、日清日露戦争で荒稼ぎした大倉喜八郎などとは全く異なる志操の人であった。幕末の大儒佐藤一斎とその弟子の経世家の山田方谷の門下の三島中洲[43]の「義利合一論」の影響を強く受けた渋沢であったが、英国で資本主義の正体を見てきた漱石には、「利得と強欲を慎め」と教える儒教精神を近代的経済活動に持ち込んだ銀行家が胡散臭く見えたのかもしれない。

しかし、「いか銀」とはもっと巨大で悪質な「巾着切りの上前をはねる元締め」の「いかさま」機構のことであるようだ。

どこかへ使ってしまった「三円」

〈どこでどう誤魔化したか札の代わりに銀貨を三円持つて来た。此三円は何に使つたか忘れて仕舞つた。今に帰すよと云つたぎり、帰さない。今となつては十倍にして帰してやりたくても帰せない〉(6右6)と「坊っちゃん」が言うのは、「清」が〈部屋へ持つてきて御小遣がなくて御困りでせう、御使ひなさいと云つて呉れた〉(5左4)紙幣を〈すぽりと後架の中へ落とし〉(5左9)汚れたのを、「清」が兌換してくれた銀貨のことである。ここでは「返《かえ》す」ではなく「帰す」と繰り返していることに注目すべきである。「帰す」は「かえす」とは読むとは限らない。

「坊っちゃん」は「三円」の十の八乗倍の「三億円」を清から貰ったことがある。日清戦争で清《しん》から受け取った賠償金の「二億両《テール》」である。その後、三国干渉で遼東半島を放棄した代償が加算されたので、最終的には「二億三千両《テール》」〆《しめ》て「約三億五千万円」という、当時の日本の国家予算の四倍以上の莫大な金額が日本政府の手持ち流動資産となった。露仏独の干渉に耐えて、生活が苦しくても働き手を軍に取られても、「臥薪嘗胆の精神で歯を喰い縛っても日本は強国にならなければならない」と、政府や新聞が国民に犠牲を強いた割には、しっかりと干渉の見返りは確保されていたのである。この莫大な金を「何に使ったか忘れてしまった」では困るが、この国庫への臨時収入が生活向上の足しになったという実感が全くなかった国民にとっては、これは「どこに消えたかわからない」金同然であった。それもそのはず、この資金は日本の金融貨幣制度を金本位制にする原資に使われ、その大半は「いか銀」の骨董品の購入、つまり陸海軍の軍備に費やされてしまったからである。

そもそも、この大金は日本の国内に入って来ていない。そのすべては、帳簿上では日本銀行のロンドンの支店にあった。しかし、現物は当時の決済通貨の英国のスターリング・ポンド金貨に交換されて、英国の銀行に保管されていた。言わば日本のお金は「いか銀」に居候させてもらっていたのである。

こうなった事情のカラクリは以下の如くである。清国の正貨は銀の両《タール》であるから、講和条約で記された「二億三千両《タール》」が日本への支払額である。しかし、清にはそんな大量の銀はおろか、お金そのものがない。それで、英国の銀行が、もちろん担保を取ってであるが、融資を申し出た。また、横槍を入れて遼東半島を返還させたロシア、フランス、ドイツの銀行も権益を担保に融資に参加した。この総額は英国ポンドに換算されて金貨で清国に貸し付けられた。といっても、金貨を清国に運んだ訳ではない。それは、そっくりそのまま賠償金として日本国に支払われたからである。しかし、その金貨は日本にも運ばれず、「すぽりと」ロンドンの銀行の金庫の中に収まったままであった。日本銀行はこの英国金貨の存在を裏付けにして金本位制に移行した。要するに、日本の通貨円の「本位である金」と言っても、その実物はロンドンの銀行にあった英国のポンド金貨であったということである。これも含めての「日英同盟」であったと言えよう。

実際に清国から銀で受け取っていたら、銀の値段が大暴落し、イギリス金貨を売って円に両替できたとしても為替、則ち金価格の相場に大きな影響を及ぼしていたと思われるので、これが最も合理的な決済方法であったのかもしれない。しかし、日本の国家予算の四倍以上もの金額を融資し、両替し、金貨を貸して保管し、決済するという伝票操作をするだけでも莫大な手数料が銀行に入った。金貨は全く動かされていないのに、清国からも日本からも濡れ手に粟の荒稼ぎをした国際金融業者こそ、まさに「いか銀」と呼ばれるに相応しい。

さらに、日本政府はこのロンドンの「いか銀」に下宿させていた賠償金を当てにした英国の軍需産業から高価な艦艇や武器を押し付けられた。「坊っちゃん」への骨董責めの押し売りは、このことを言うのであろう。〈金なんか、いつでも宜う御座います〉(28右7)も何も、金は既に銀行の口座にたんまりあるので、そこから払うか、それを質に取ればよかったのである。ロンドンにいた軍備に関わる日本の当局者は、預けてあった莫大な金貨で世界一高価な新鋭軍艦の高値の爆買いを演じていたのである。金に糸目をつけない政界財界工作も行われたのであろう。そして、日露戦争が終わったときには、預けてあった金貨はやはり「いか銀」のところから微動だにしなかったが、その所有者は英国人に変わっていたのである。英国人の「野だ」が「坊っちゃん」が出た直後に「いか銀」のところに居座ったのはそれを意味するのであろう。

こうして、「坊っちゃん」の「三円」は何に使われたものやら、日本の国に「帰す《き》」、つまり帰属することもなく消えたのである。

そして、〈一反此道に這入るとなかなか出られません〉(26右7)と「いか銀」が言うように、日本も「骨董買いの」軍拡政策から抜け出せなくなったのである。

「いか銀」は。〈妙な手付をして〉(26左8)〈苦い濃い茶〉(26左9)をいつも飲んでいるが、これは「取っ手のついた」カップで「紅茶」を飲む英国式の「アフタヌーン・ティー」を楽しんでいるのである。「坊っちゃん」が〈茶を買ってくれ〉(26左9)と頼んだというのは、日本の大切な輸出産品を売り込んだのであろう。あるいは、「お茶」の「上喜撰」つまり「蒸気船」を買っておいてくれと言ったのかもしれない。

英国における漱石

一七九八年に日本海軍が、国会の承認がないまま極秘に発注した戦艦「三笠」は、イングランド北部、スコットランドに近いバロー＝イン＝ファーネスで一八九九年一月二十四日に竣工し、一九〇〇年十一月八日に進水した。そして、一九〇一年一月のヴィクトリア女王の葬儀と新国王エドワード七世の即位、翌年一九〇二年一月の日英同盟の締結を経た後、三月一日になってやっと日本海軍に引き渡された。そして、同艦は同月十三日にプリマスを出港して五月十八日に横須賀に到着した。したがって、正確に言えば、「支邦」スコットランドから回航されてきたわけではない。

一九〇〇年十月から一九〇二年十二月までの漱石のロンドン滞在は、完成したこの最新鋭の軍艦を、日本が「三笠」として、対ロシア艦隊の戦列に加えるため購入交渉を必死に行っていた期間に重なっている。この新戦艦が進水してから引き渡されるまでは、日本にとっては、新しい英国王との良好な関係の構築、日英同盟の締結、及びロシアに対抗し得る海上戦力の確立、ロンドンに預けてあった外貨準備金の運用などについての対英工作に、国家存亡がかかっていた二年間であった。

このような微妙な時期、各国による諜報戦が繰り広げられていた大いなる裏舞台のロンドンへ、政府は突然、学期の途中にもかかわらず、熊本の一教師の漱石に、「英語」の研究のための留学を命じた。漱石はこの留学命令を不審に思ってか、文部省専門学務局長上田万年に確認に行った。そのことは、一緒に派遣された藤代禎輔が「夏目君の片鱗」に書いている。この時、一緒に派遣されたのは、藤代の他に、文科の芳賀矢一、農科の稲垣乙丙、軍医の戸塚機知であったが、いずれもドイツに派遣された。英国で漱石は大学に通わず、研究成果も報告もなかったにもかかわらず、漱石には滞在費が支給され続けた。そして、政府は神経衰弱を理由に漱石をまた突然に召還した。そして、帰国した漱石は熊本の教職には戻らず、東京で第一高等学校と東京帝国大学に職を与えられた。

「三笠」が横須賀に向けて出航した後、帰国直前の十月、漱石は、そこに宏壮な邸宅を建設して移り住んだ親日家の弁護士のジョン・ヘンリー・ディクソンに招かれて、スコットランドのピットロフォリーに滞在した。このお膳立ては、東洋との貿易事業に代理人（deputy-clerk）として財を成したこのディクソン自身、及び先代の父の時代から懇意であった小笠原長幹《ながよし》伯爵、或はその後見役の三土忠造によるものであったと言われている。長幹は同年にケンブリッジに留学するため渡英したばかりであったが、先代の小笠原伯は英国の政治家や産業会、金融業者と懇意であり、来日したディクソンを接待したのも小笠原である。さらに、日英同盟を樹立した英国大使の林薫《ただす》は、箱館戦争で政府軍と戦い捕虜になったものの、その英語力によって明治政府で活躍し、伯爵に叙せられた人物である。彼はフリーメーソンに入会したことでも知られているので、その関係でディクソンらともつながりがあったと思われる。

日英同盟は、ドイツ皇帝ヴィルヘルム二世の提案によるものである。ロシアの南下に対する日英独の三国同盟構想であったのが、急遽提案者のドイツが抜けたため日英二国同盟になったのである。在ロンドンのドイツ大使代理特使として日英同盟の斡旋交渉を行ったのは、エッカードシュタイン男爵であった。この人物は英国の有力議員であった義父のジョン・ブランデル・メイプル准男爵を通じて英国政財界と深く結びついていることでも知られていた。この時期、一九〇一年の三月から六月に漱石の下宿に滞在した池田菊苗や藤代禎輔、呉秀三などドイツ語が堪能な人材がドイツからロンドンに来ていたのはそのことと関係があるのかもしれない。エッカードシュタインの目論見《もくろみ》は、仏露協商に圧迫されていたドイツの窮状を打開するため、英国が後ろ盾になって日本をロシアの南下の前面に置いて戦わせることにあった。またそれが、日本の軍艦武器輸出で潤う英国財界の要望でもあった。その対日貿易にはディクソンも関わっていたのであろう。また、池田と同じ船で帰国した呉秀三は、精神医療の草分けとして知られるが、帰国後に漱石は、熊本五高を辞するために、「神経衰弱」の診断書（漱石の手紙では「珍断書」）を書いてくれるよう依頼している。漱石は、スコットランドから戻ったロンドンで、呉の帰国前夜に、呉とスチュアートという英国人とも会食をしている。

『虞美人草』は、英国からの宗近の手紙「此地では喜劇ばかりが流行《はや》る」の言葉で終わる。この「喜劇」とは、漱石がこの英国滞在で見聞した不愉快な現実、日本政府の高官と英国の軍事産業と政商が、日清戦争の巨額賠償金を湯水のように使って演じた狂態と、文明開化で日本が目指す近代資本主義と帝国主義の行き着く先の現実の有様のことであったのだろう。

漱石の宿敵

日露戦争に「勝った勝った」と軍が喧伝するのと裏腹に、戦場の現実は実に悲惨で、日本軍の犠牲は甚大であった。不適切な作戦や命令によって、とくに旅順口では多くの将兵が命を落とし、旭川第七師団などは全滅に近い損害を蒙った。しかし、この事実は国民に知らされず、責任を問われる者もなかった。この無責任で無反省な軍部と政府に対し、憤りを抑え切れなかった漱石は、これを告発する『二百十日』と『草枕』をも著して、『坊っちゃん』に加え、作品集『鶉籠《うずらかご》』として出版した。更にその二年後には、日露戦争の真実を隠蔽した参謀本部を痛烈に攻撃し、戦死者の遺族補償の不備という不条理を批判し、日本の行く末を憂う『三四郎』を朝日新聞に連載することになる。

序章でも言及したように、一九〇六年（明治三十九年）十一月十一日に、漱石は高浜虚子への書簡で、「何だかムズ〱していけません。学校なんどへ出るのが惜しくつてたまらない。やりたい事が多くて困る。僕は十年計画で敵を斃す積もりだつたが近来此程短気な事はないと思つて百年計画にあらためました。百年計画なら大丈夫誰が出て来ても負けません」と書いた。この言は、『坊っちゃん』、及びその前作の『吾輩ハ猫デアル』、後の『三四郎』などの諸作品の執筆の本意が、「百年かけても斃さなければならない敵」に対しての、「権力の目を掠《かす》めて我理を貫く」（『吾輩ハ猫デアル』「四」）ための巧妙な諷刺であり、舌鋒鋭い果敢な体制批判であることを伝えるものである。漱石は最も心を許した生涯の同志の狩野亨吉《かのうこうきち》に宛てた一九〇六年十月二十三日の書簡では、「僕は世の中を一大修羅場と心得てゐる。さうして其内に立つて花々しく打死をするか敵を降参させるかどつちかにして見たいと思つてゐる。敵といふのは僕の主張、僕の趣味から見て世の為めにならんものを云ふのである」との決意を告げている。

このような漱石の執筆への意気込みと覚悟、明治維新に対する歴史的な評価、当時の社会への問題意識、及び政治と文化についての危機感を考えるなら、『坊っちゃん』における「赤シャツ」と「野だいこ」が、筆者の言う「百年計画で斃さなければならない敵」を代表し象徴する人物であることは間違いなかろう[44]。

『坊っちゃん』執筆の四年後、漱石の懸念は早くも現実のものとなった。「山嵐」を謀略に嵌めた「赤シャツ」の「出来の悪い弟」たちは、天皇暗殺未遂という「大逆事件」をでっち上げ、幸徳秋水らの反体制反戦の論客たちを一網打尽に捕え、容赦なく処刑した。そしてこの「犬も同然な奴」の手下の「岡っ引き」たちの官憲は、その後、自由を弾圧し軍国主義批判を封殺する特別高等警察として組織化されていく。

日露戦争を契機に一層肥大化し、強権的な官僚組織となった陸軍は、昭和に入ると、「赤シャツ」の「一品会」の支配に批判的な新世代の「一夕会」が軍改革を唱えて内部抗争を激化させ、竹橋事件とその性格と経過が似ている軍の反乱の二・二六事件が起った。そして、その暴走に歯止めが利かなくなった陸軍は、満州事変、日中戦争を引き起こし、国民は大東亜戦争に駆り立てられることになる。その間に「坊っちゃん」に火中の栗を拾わせた英国との同盟は破棄され、日本軍は幕末以来、遺恨因縁のある英仏蘭米の「四国」に遂に正面から攘夷の武力攻撃を加えたのである。それは、「四国」との不平等条約に「判子《はんこ》」を押さなかった孝明天皇の崩御後七十五年後のことである。そして、天皇の平和への思いが顧慮されることもなく、「坊っちゃん」の〈沢庵石をつけて海の底へ沈めちまふ方が日本の為〉（57左9）との言葉を受けたかのように、一九四一年、「野だ」の「お国」の栄光を担う戦艦「プリンス・オブ・ウエールズ（英国王太子）」と巡洋戦艦「レパルス（撃退）」が、日本軍の航空戦隊によって多くの将兵ともにマレー沖の海の底に沈められた。これを「天麩羅二杯」などと「触れちらかして」、国民の戦意を煽ったのはやはり大本営と新聞であった。後年、この「天麩羅二杯」の攘夷を、アーノルド・トインビーは、「一八四〇年のアヘン戦争以来の百年間に及ぶ英国のアジア支配の終焉」と歴史的に位置づけた(45)。

しかし、「赤シャツ」の「罪な冊子」である片仮名書き『歩兵操典』の時代錯誤の白兵主義は、この大戦争の間も改められることはなく、近代の大量殺傷兵器に向かって突入させられた旅順の犠牲の「幽魂」の悪夢が、アジアと太平洋の諸戦場で競う様に繰り返された。

二百三高地に突撃して壊滅した旭川第七師団の兵士たちは、大迫尚敏団長によって、「携《たずさ》へし、花は嵐に誘われて　たもとに残る　家土産《いえずと》もなし」と、山の嵐に一挙に散る桜に喩えられた。漱石は好まなかったと言われているこの桜花は、「神風」などの「特攻」で死に赴いて行った数多くの若者たちの「貴い散り」の象徴にされた(46)。

漱石が戦いを挑んでから既に百十年余りを経た現在、漱石の宿敵は果たして斃れたのであろうか。明治以来の帝国陸海軍は解体され、天皇が神でなくなった戦後の民主憲法の下にあって、日本は確かに平和を享受し言論の自由を謳歌し、「胸中に漂へる或物の表現に困する」ことなどないように見えるかもしれない。しかし、「翼々《よくよく》」考えもしないで「物理学校」に入学した「坊っちゃん」の国にもたらされた近代の物質的合理主義は、漱石が危惧したように既に行き詰まりを見せている。「巾着切りの上前をはねるような」国や企業は、誰憚ることなくこの地球上を跳梁跋扈している。

明治の御代に身を置き、その激動の時代に信念を貫いて苦闘し続け、百年後を見越して日本の行く末を懸念し続けた夏目漱石という本物の警世家に対し、その没後百年を過ぎたこの時代に生きる我々は、彼の知識人としての矜持、正義感、軽妙洒脱な諧謔の精神、歴史の本質を見破る慧眼を正しく理解していると言えるであろうか。身の危険まで冒して社会的な不正を告発し悪徳を攻撃し続けた、彼の不屈の覚悟に愧じるところがないと言うことが出来ようか。

戦場の「マドンナ」

漱石はカタカナの外来語を軽々しく使用していない。使う場合でも、裏に別の意味がある渾名や地口、皮肉であることが多い。「坊っちゃん」がつけたわけではないが、「マドンナ」も例外ではなく、含みのある渾名である。この渾名をつけられた若い女性の正体については敢えて触れなかったが、この「女」の姿をした亡霊が旅順口で戦死した将兵たちの迷える「幽魂」であることに気づくのは容易であろう。

「マドンナ」について〈渾名《あだな》の付いてる女には昔から碌なものは居ませんからね〉(79左3)、

〈ほん当にさうぢやなもし。鬼神の御松ぢやの、妲妃の御百ぢやのて、怖い女が居ましたなもし〉（79左5）と、歌舞伎の婀娜《あだ》な女賊の名前に「御」の字が使われているのは、兵士らが散った霊場《れいじょう》の「御松樹山」、「御二百三高地」を伝えるためである。

漱石の小説において、「幽魂」はすべて女性の姿を借りて現れる。『吾輩ハ猫デアル』の先生が旅順陥落の当日の元旦に遭う「旅鴉《たびがらす》の皺枯《しわがれ》れた声」の芸者、『趣味の遺伝』で白襷隊の先頭を駆けて帰ってこなかった「浩さん」の墓を訪れる「女」、『草枕』で「正一位　女に化けたり　朧月」を「御曹司　女に化けたり　朧月」と捩る「女」の那美、『三四郎』の風呂の場面で帯を解き「ちいと流しましょうか」、つまり「血いと流し、魔性化」という「黒い女」や池の上に現れて「実《み》は生ってないの」、つまり「実《じつ》は生《いき》（っ）てないの」と明かすシテの美禰子らの「女」、美禰子と同じ紫の「必死の絹紐《りぼん》」を身につけて死ぬ「女」である『虞美人草』の藤尾もすべて戦死者の亡霊である。

「糸釣り」で「赤シャツ」が「縞のハンケチ」で顔を拭くのを見た「坊っちゃん」が言う〈あの手巾《はんけち》男は屹度マドンナから巻き挙げたに相違ない。白い麻を使ふもんだ〉（68左3）の「巻き上げた手巾《はんけち》」とは、「必死の絹紐《りぼん》」同様「女」が身につけた「白襷」のことである。つまり、「女」の姿を借りた「幽魂」の手巾《はんけち》とは、正体が男である彼らが使った「白襷」のことであるから、兵士の「迷える」「幽魂」が「迷《まど》う」「女」であり、「迷女《まどおんな》」つまり「マドンナ」である。

竹久夢二は日露戦争の兵士の亡霊や骸骨を描いている。これらの多くは戦争を諷刺する「コマ絵」として新聞や雑誌に掲載されたが、その「題」には「迷児」「幽迷路」などと書かれている。

「坊っちゃん」がその第一印章を〈何だか水晶の珠を香水で暖《あつ》ためて〉(86左10)と表現しているように、「マドンナ」には、その登場から死者の臭いが漂っている。釣りの場面で、〈線香の烟の様な雲が、〔…〕うすくもやを掛けた様になつた〉(53左3)ときに、「野だいこ」が〈丁度時分ですね。今夜はマドンナの君に御逢ひですか〉(53左7)と初めて「マドンナ」が話題になる。「線香」は仏前で焚く香であり、焚かれた香で暖まる水晶は「数珠」を思い出させる。この「時分」とは戦死者の霊魂が人に取り憑く刻限のことを言っているようである。

「赤シやツ」について、〈気味の悪い様に優しい声を出す男である。丸で男だか女だか分りやしない〉(45右11)、〈ホ、、、と赤シやツが気味の悪い笑い方をした〉(48左2)とあり、「参謀総長」の声と話し振りが「女」のようであるのは、自分が殺した戦死者の亡霊に取り憑かれて、その声が「女」のものに替わってしまっているからであろう。「マドンナ」が「遠山のお嬢さん」であるのは「山県を訪《と》うて責める」霊魂という意味なのかもしれない。

また、温泉行きの汽車の停車場で「赤シやツ」は〈女の方はちつとも見返さないで杖の上に顋をのせて、正面ばかり眺めている〉(87左9)のであり、〈年寄りの婦人は時々赤シやツを見るが、若い方は横を向いた儘である。いよ〳〵マドンナに違いない〉（87左11）と「坊っちゃん」は思う。そう思う根拠は、「正面」攻撃という硬直した作戦「ばかり」を行わせたのが「赤シャツ」であり、この命令で旅順要塞の機関銃に突撃させられたのが「マドンナ」であるからである。

「坊っちゃん」が、「うらなり」、「赤シャツ」、それに「マドンナ」と停車場で行き合い、同じ汽車で一同が温泉に行ったこの時、「うらなり」は息子たちの「幽魂」と一緒だったのである。そこで「うらなり」だけが下等車に乗るのは、それが「マドンナ」に申し訳なく思って、世間から身を引いて質素に暮らしている乃木大将の生き方であるからである。

「うらなり」の婚約者であった「マドンナ」を「赤シャツ」が奪ったという話は、下宿の年寄の女の「狂言」であり、まったくの嘘である。

〈おれは若い女も嫌ではないが、年寄りを見ると何だかなつかしい心持ちがする。大方清が好きだから、其の魂が方々の御婆さんに乗り移るんだらう〉（76右2）によっても、漱石は、「マドンナ」も「清」と同様、「女」に乗り移った「霊魂」のシテであるということを示唆している。

「清」の正体である「孝明天皇」は、「坊っちゃん」の仇討ちによる供養で冥界へ帰って行ったが、この戯作能は戦死者の「幽魂」の「マドンナ」を供養しないで、この世に彷徨させたまま幕が降りる。

それで漱石は、さらに大規模な夢幻能の『三四郎』を書くことになる。三四郎に取り憑いた旅順の「幽魂」であり、自らを「迷羊《ストレイ・シープ》」と呼ぶ「マドンナ」の美禰子は戦争責任者の「咎《とが》」を告発した後、その姿を描いた画が完成すると、雄々しく三四郎に向かって敬礼をしてこの世から消えていくのである。

出撃前の白襷隊（1904 年 11 月 26 日と思われる）

註

序章

（1）この作品集が『鶉籠』であるのは、大田南畝《なんぽ》が「あやしくはへなききれぎれを、あつめつづりたるを、うずら衣といふなり」として『鶉衣』と名付けた横井也有《やゆう》の俳文集『雨瀟瀟』、及び三熊思考編の『続近世畸人伝』に記述がある『小革籠《こかわご》』を意識したものかもしれない。これらにはよく知れている句の「化物の正体見たり枯尾花」があるからである。この「化物」とは、南畝が「己を高ぶり人を慢《あなど》ると傳へ聞き」と書く大阪の俳人の松木淡々のことである。そして、漱石の小説集では松木の化物がよく現れる。

（2）「漱石氏の第一印象」（一九〇八年三月）。

（3）漢学を好み英語を嫌った漱石は、両者の価値について『文学論』で「翻つて思ふに余は漢籍に於て左程根底ある学力あるにあらず、然も余は充分之を味《あじわ》ひ得るものと自信す。余が英語に於ける知識は無論深しと云ふ可からざるも、漢籍におけるそれに劣れりとは思はず。学力は同程度として好悪《こうお》のかく迄に岐かるるは両者の性質のそれほどに異なるが為ならずんばあらず、換言すれば漢学に所謂文学と英語に所謂文学とは到底同定義の下に一括し得べからざる異種類のものたらざる可からず」と書いている。

（4）「漱石をめぐる人々と能」帆足正規、二〇〇四年度武蔵野大学能楽資料センター公開講座記録、武蔵野大学『能楽資料センター紀要』No.16、九一～一〇一頁、日置健次「夏目漱石論：謡曲と胎感覚」、青山学院大学文学部『紀要』第五二号、一～二〇頁。

（5）稲畑汀子「虚子の俳句と能楽に見る極楽の思想」、武蔵野大学『能楽資料センター紀要』No.16、一〇二～一一四頁。

（6）松田存『近代文学と能楽』「三、夏目漱石と謡曲」（朝文社、一九九一年）、増田正造『能と近代文学』「第六章、夏目漱石の謡と作品」（平凡社、一九九〇年）。

（7）鈴木啓子「泉鏡花と能楽」、武蔵野大学『能楽資料センター紀要』No.16、一一五～一二八頁。

（8）田代慶一郎『夢幻能』（朝日選書、一九九四年）。

（9）山口武美『明治前期戯作本書目』（青裳堂書店、一九八〇年）、「日本書誌学大系」十。

第一章

（10）腋《わき》が縫われていない小直衣は動きやすいため、小供や武官に用いられ、明治天皇は乗馬の際にも着用した。森田登与子「明治天皇の洋装化：宮内庁書陵部蔵「御用録」を参考に」、『日本家政学会誌』Vol.66, No.7（二〇一五年）。

（11）小御所会議の翌年の四月二十三日、天皇は切支丹《キリシタン》信徒の扱いについての評議にも臨席し、「その後の国政に関するほとんどすべての会議に参加することになった」のである。ドナルド・キーン『明治天皇』上巻（角地幸男訳、新潮社、二〇〇一年）、一八〇頁。

第二章

（12） 漱石は後の『満韓ところ〴〵』（一九〇九年）で、大連に着いたときのことを、「汚らしいクーリー団の前に横付けになつて」「此奴は奇妙な所へ着いたねと思った」と、舟の着く「碌でもない」「野蛮」な港が満州にあると書いている。

（13） 山口謡司『ん　日本語最後の謎に挑む』（新潮新書、二〇一〇年）。

（14） 江戸屈指の文化人大田南畝の狂歌作者名は「山手馬鹿人（やまてのまかひと、ばかひと）」であるが、これは山部赤人《やまべのあかひと》の捩《もじ》りである。

（15） 司馬遼太郎『坂の上の雲』四（文藝春秋、一九七一年）、一一三～一一四頁。

（16） 司馬遼太郎『坂の上の雲』四、二五〇頁。

第三章

（17） 類似する「バッタ」で「キリギリス」の本意を伝えるこの手法は諷刺ではよく使われる。恋川春町は『鸚《おう》鵡返《むがえし》文武二道《ぶんぶのふたみち》』で、「九官鳥のことば」として松平定信の文武奨励による政治改革論『鸚《おう》鵡詞《むことば》』を当て擦っている。

（18） 漱石が伊藤を嫌っていたことは、伊藤の暗殺について、『門』で冷淡に扱っていることにも表れている。お米の「どうして、まあ殺されたのでせう」「どうして又満州へ行ったんでせう」の問いに対して、宗助は「「矢っ張り運命だなあ」と言って、茶碗の茶をうまそうに飲む。「伊藤さんのような人は哈爾賓《ハルビン》へ行つて殺される方が可いんだよ」と調子づいた口調でいう。」とある。
(19) 『萬朝報』(一八九八年一月十一日)には「戦争は薩摩人長州人を富ましめ、全国民を貧窮ならしめたり。我等は最早忠君愛国の空言に欺かれて伊藤侯を公爵にしその閨房に一人の美人を加ふることをせざる可し」とある。
(20) 花森安治『一銭五厘の旗』(暮しの手帖社、一九七八年)など。
(21) 赤いブランケットは「赤ケット」と呼ばれていた。
(22) 漱石は『素人と黒人』と題した一九一四年一月の随筆で、「昔から大きな芸術家は守成者であるよりも多く創業者である。創業者である以上、その人は黒人でなくつて素人でなければならない。人の立てた門を潜るのではなくつて、自分が新しく門を立てる以上、純然たる素人でなければならない」と書いているように、「玄人」の意味で「黒人」を使っている。
(23) 読売新聞取材班『検証日露戦争』(中央公論新社、二〇〇五年)一八〇～一八一頁。
(24) 秋山豊「自筆原稿を〈読む〉楽しみ」、夏目漱石『直筆で読む「坊っちやん」』(集英社新書ヴィジュアル版、二〇〇七年)、四〇～四一頁。
(25) 『歩兵操典』第一巻第一章第二節三(第二十)の「行進は〔…〕」の条には、「左脚を踏みつくると同時に〔…〕、右脚を前に出して踏みつけ」とある。
(26) わざと正しくない漢字を使った当て字にして、読者に本意を仄《ほの》めかすのは、江戸時代の黄表紙などの諷刺文学の常套手段であった。例えば、山東京伝の『孔子縞于時藍染《こうしじまときにあいぞめ》』は「格子」に「孔子」の当て字を使って、官製儒教による徳治の精神主義と、奢侈禁止の倹約を強要する緊縮財政運営によって不況を深刻化させた寛政の改革の矛盾と失敗を皮肉る内容を伝える題名にしている。

第四章

（27）容保は「たたかひ今を限りと思ひけん。十あまり五たりの男の子ども飯盛山にて死したりけるをうつせし画に見てあはれさのあまり」と会津戦争で戦死させた若者たちに対する思いを歌っている（「千代までと　そだてし親のこころさへ　おしはかられて　ぬるる袖かな」京都金戒光明寺所蔵）。これは、日露戦争における「坊っちゃん」と「うらなり」の思いに通じるものであろう。

（28）スタンレー・ウォシュバン『乃木大将と日本人』（目黒真澄訳、講談社学術文庫、一九八〇年）、WASHBUM, Stanley, "Nogi" (London: Anndrew Melrose,1913)。

第五章

（29）一八六八年四月六日（慶応四年三月十四日）の五箇条の御誓文の発布と同時に、天皇の手紙「宸翰」の形式で発表された明治天皇の告諭は、「朕幼弱を以て猝《にわか》に大統を紹《つ》ぎ爾来何を以て万国に対立し、列祖に事《つか》へ奉らんと朝夕恐懼《きょうく》に堪ざる也」で始まり、「神州を保全し、列聖の神霊を慰し奉らしめば生前の幸甚ならん」と結ばれている。

（30）ドナルド・キーン『明治天皇』上巻（新潮社、二〇〇一年）、七八頁。

（31）　一六八四年（貞享元年）の初秋の八月に出発した旅の紀行文。松尾芭蕉が漂泊の俳諧師として生きることを表明した作品として知られる。この決心を表明する巻頭の句が「野ざらしを〜」である。

（32）　山川健二郎監修『会津戊辰戦史』（井田書店、一九四一年）、四〇頁。

（33）　西郷隆盛は、「独立した自己の根拠を説いた」幕末の儒学者佐藤一斎（一七七二〜一八五九）の『言志四録』から抜粋した一〇一条の箴言を自らを律する座右の銘として肌身離さなかったが、これが元宮崎高鍋藩主で天皇侍読であった秋月種樹《たねたつ》によって『南洲手抄言志録』（博聞社、一八八八年）として編集されたとき、明治天皇は、「朕は再び西郷を得たり」と叫んだと伝えられる。

（34）　一九一三年の講演「模倣と独立」。

（35）　宮内庁編『明治天皇紀談話』一巻（吉川弘文館、二二二頁）。

（36）　小御所会議では、御簾の向こうに押し付けられていて何も発言しなかった新天皇であったが、論争の帰趨を決したのは、「坊っちゃん」の存在そのものであった。

（37）　ドナルド・キーン『明治天皇』上巻、一九八頁。

第六章

（38）　澤地久枝『火はわが胸中にあり』（岩波書店、二〇〇八年）。

（39）　Unless some arrangement is come to before that date,we fear that we shall not enter on residence at the port without resort to coercion and bloodshed.

（40）　『東京朝日新聞』に掲載された投書に次のようなものがある。「大挙十万の軍・遺族民〔…〕此上は満韓の野に斃れし亡霊、日本海に沈みし霊魂、大挙十万の軍を作りて、先ず桂首相の愛妾おこいを噛み殺し、次で大屈辱を招きし関係者を攻滅ぼせ。」

(41)　ここの「小日向」によって「養源院」が東京の小日向台にあるよう装っているが、恋川春町が寛政改革を揶揄し倒した戯作『鸚鵡返文武二道《おうむがえしぶんぶのふたみち》』の結び「紫野の大徳寺の弘町といふ茶屋にくだされ〔…〕。麒麟《きりん》も出けれども、これは栗鼠《りす》同様に隅《すみ》つこに置いてみせける」が「紫野の大徳寺」によって京都を装っているのと同じである。ここの「紫野」は「柴山」、「栗鼠《りす》」は「栗山《りつざん》」を示唆し、清澄に屋敷があった白川藩主の松平定信の「白川の清き澄《すみ》」の政策を支えた儒学者の「柴山栗山」を茶化している。

(42)　満州を経営するために旅順に設けられた関東都監督府は天皇直属であった。

終章

(43)　漱石は幼少より漢学儒学書を好んで読込み、帝国大学予科に行く前、三島中洲が設立した漢学塾の二松学舎で学んでいる。英語に転身したのは、英語通訳の方が職業として将来性があると考えた兄の指示による。

(44)　『夢十夜』の「第一夜」は「百年待っていてください」といって死んだ女の墓から、百年後の夜明けに白い「百合」が咲くという話であり、「第三夜」は、背負った子供に導かれて、百年前に人を殺した杉の根に行く話である。

(45)　毎日新聞記事（一九六八年三月二十二日）。

(46)『三四郎』(四章八)に「此の塵は二三十年かかつて漸く積つた貴とい塵である。静かな月日に打ち勝つ程の静かな塵」とある。言うまでもなく「二三十」は「二〇三」を示唆している。

あとがき

よく意味も分からないカタカナ言葉が氾濫流通するこの頃であるが、軽薄な西欧化を嫌った漱石は、舶来カタカナ言葉を余り使っていない。『坊っちゃん』で使われているのは、「ランプ」「ベンチ」「パイプ」「リボン」のように、日本語化して日常化していたものに限られる。「マドンナ」「シャツ」「フロック」などハイカラな文物には特別な含みがある。これを受けて、私も本書ではカタカナ語の使用を極力避けた。それは、趣味とか主義の問題ではなく、日本語のリズムに関わることでもあるからである。

日本語は一拍を二つの母音で二分割する二拍子系（biner）のリズムで成り立っている。五七調は「五つの母音＋半拍の休符＋一拍の休符」と「七つの母音＋半拍の休符」の四拍リズムで整えられている。終止が収まるのは、最後の拍表の音が前拍裏の音から導かれて解放されるからである。クラシック以前の音楽ではこの「悪い音（vilis）：×」から「良い音（noblis）：○」への解決の運動を「カダンス」「カデンツァ」と呼ぶ。

「古池や蛙《かわず》飛び込む水の音」における「みず｜のお｜と・｜・・」の「お-と」、「静《しず》心なく」「はな｜のち｜るら｜む・」の「ち-る」「ら-む」という音の連結による解放がもたらす終止が、この現象である。このよう一拍二分割のリズムから逸脱することは、日本語にとって甚《はなは》だ具合が悪く、不安定であり不快に感じられる。

極端な例であるが、「爺」を「ジジー」と言うと、「ジジ｜ー」と拍頭で収まらず、尾を引いて口汚く聞こえるが、「ジージ」と言えば「ジイ｜ジ」となって丸く収まって解決し、孫に愛される好々爺の印象になる。収まらない拍裏の「×」の音は、「ハゲーーーー」「バカーーーー」のように長く引き伸されるほど強烈に品の悪さが増幅するが、同じ意味でも「おハ｜ゲ」のように言って「×」の音が解決されるなら親愛の情さえ感じられるものとなる。近年「違《ちが》って」を「違《ちが》くて」と言う若い人がいるが、これは「ちが｜って」が拍頭で収まらないため不安になり、「ちが｜くて」と無意識に修正しているのであろう。「思ったが」「おも｜った｜が」を「思いきや」「おも｜いき｜や」という古風な言い方で収めるのもこの現象である。したがって日本では「コフィー」は「コオ｜ヒー」で定着し、「イングリッシュ」は「エゲ｜レス」「イギ｜リス」と日本語化した。「ミラノ」を「ミラーノ」、「ウィーン」を「ヴィーン」と現地の発音に似せて表記すると、途端に外国人が喋るようなリズムのない日本語になってしまうため、日本人は「みら—の」「うい—ん」と発音することによって日本語固有のリズム原理を無意識に守っている。これが外来語を日本語化するときの流儀である。したがって、原語の発音に似せたカタカナ表記の外来語や固有名詞がそのまま取り入れられても、日本語に馴染むことができないため、いずれ排除されることになる。

　このように意識して、漱石は外来カタカナ言葉を使わなかった訳ではないであろうが、この小説で敢えて使っている「マドンナ」「シャツ」「フロック」などリズムに違和感がある語に限って、普通のカタカナ外来語ではなく、特別な意味を持たされた暗号コードになっている。「マドンナ」は「迷女《まどおんな》」が正体であるが、「mado-onna」の「o-o」の二重母音が「o」の一音となる、字余りの法則で「まどんな」となったものであり、本来は「まど—おん—な」である。「赤シャツ」は「赤し奴」「あか—しや—つ」、「フロック」は「付録」「ふろ—く」である。「のだいこ」が「野だ」と一拍で呼ばれるのは、「のだ—は　〜」のように調子がよくなるからであろう。偽《にせ》の「えど—っこ」は「え?東京」で、「え、えどっこ」「ええ—どっ—こ・」で「えーどっこい」、「どん—どん—どん—と・」「いち—にっ—さん—わー」と同じ四拍子の囃子リズムになる。同様に「坊っちゃん」は「ぼっ—ちゃん」ではなく「ぼっ—ちゃ—ん」、「土地が土地だから」は「とち—がと—ちだ—から」より「とち—があ—とち—だか—ら・」の方が謡《うたい》としても収まりがよい。

このように、漱石の小説を読んでいて、その文面のリズムから能楽を直感したのが、本書の発想の始まりである。

私の場合、音楽の内容を考えて演奏する際に、他の分野の知見や研究成果を活用しないと柔軟な発想や多角的な洞察を得られない。例えば、その時代や地域の舞踏法を熟知した上での演奏は、本来の躍動感を得ていっそう楽しく生き生きとしたものになる。ベートーヴェンが「第九交響曲」をあのような内容にして作曲した事情を知るには、当時の政治状況だけではなく経済の原理を知っていると有利である。逆に、音楽の知識や発想を応用して、他の分野の問題解決に貢献できることもある。そう思って始めたのが、音楽の拍節論による日本語のリズムの解明であり、漱石の能楽仕立ての小説の読解である。

以上が「音楽関係者がなぜ漱石なのか」との疑問を持たれた方々への一定の説明になるなら幸いである。

『鶉籠』には『坊っちゃん』以外に『草枕』と『二百十日』も収められている。漱石が前書きに記した「文章の趣味」は、この二作品を理解する上でも必要であるはずであるが、この二つの個性的な短編をどのように読むかについて書くことは、本書の範囲を超える。しかし、「文章の趣味」の解釈に関わることなので、最後に少し触れておくべきであろう。

『草枕』の構成はやはり能楽であり、二百三高地のような山の峠の茶店の老婆を前ジテ、山中の孤家の女主人を後ジテ、その夫で日露戦争に応召して死んだ男をシテの正体と考えて読むことができる。最後の場面では「糸釣り」の老人が、出征兵士を見送っている。

『二百十日』は嵐の中の山登りに失敗する「圭さん」と「禄さん」の戯作的な掛け合い話である。「圭さん」は、『吾輩ハ猫デアル』の先生「珍野苦沙弥」の役に考え、「禄《ろく》さん」をその飼い猫に想定して読むと面白いかもしれない。明治天皇の愛犬は、「睦仁《むつひと》」の名から「六《むっつ》」を取って「六号《ろく》」と名付けられた狆《ちん》であったが、「狆がクシャミをしたような顔」が、「珍野苦沙弥」であり、「珍」は「朕」をも思わせる。

漱石の「文章の趣味」を能と戯作と考えて解釈した『坊っちゃん』であるが、「百年計画で斃す敵」のことを論じるため、本書で取り上げたのは原文の解釈の一部であり、それも話が前後している。全編を解説つきの対訳のように通して書けば流れが解りやすいかもしれないが、それはまたの機会としたい。今回書かれていない部分については、読者の方々がそれぞれが独自に読み方を工夫されて、漱石の真意に更に迫っていただきたい。

しかし本当の所はどうであったのであろうか、漱石先生に直接お聴きしたいところである。「どのような読み方をしても構わない、ただし私にはそれを論評する権利はない」と書かれてはいるが、能舞台に怨霊ではないシテとして現れ、その秘めた思いを語っていただきたいところである。

このような型破りの論を書籍の形に編集して出版するには、たいへんなご苦労があったと思われる。あらためて、春秋社の方々、とくに構成から文章の表現まで提案いただき、学問的裏付けまできちんと配慮してくださった担当の中川航さんには深く御礼申し上げたい。

また、能楽についてご教示いただいた武蔵野大学能楽資料センター長の三浦裕子先生、下掛宝生流の安田登先生、ずっと以前から突拍子もない私の思いつきの聞き役になって面白がって励ましてくれた演奏仲間や友人と家族にも、この機会に感謝の意を表したい。

漱石生誕一五〇年の節目の年に

古山和男

古山和男　（ふるやま・かずお）
岐阜県恵那市出身。早稲田大学政治経済学部卒。リコーダー演奏家、音楽文化研究家。専門はバロック、ルネサンス演奏法と音楽理論、舞踏法の研究。
著書には『秘密諜報員ベートーヴェン』（新潮新書、2010年）、論文には古楽演奏法、作品論、音楽史、リズム論、舞踏法、日本語リズム論などがあり、その中にはオペラの革命性を論じた『ラ・ボエームのミミとは何者か』（国立音楽大学研究紀要、2014年）や、映画『ローマの休日』のアン王女の国を音楽から特定するというようなユニークなものもある。最近は音楽の社会的役割を考える中で、儒教の「礼楽」の「楽《がく》」の現代的な実践を試みるため、『言志四録』で知られる佐藤一斎の研究も始めている。

明治の御世《みよ》の「坊っちゃん」

2017年10月25日　初版第1刷発行

著者―――古山和男
発行者―――澤畑吉和
発行所―――株式会社 **春秋社**
〒101-0021 東京都千代田区外神田 2-18-6
電話 03-3255-9611
振替 00180-6-24861
http://www.shunjusha.co.jp/
印刷・製本―――萩原印刷 株式会社
装丁―――伊藤滋章

ISBN978-4-393-44166-4　C0095
定価はカバー等に表示してあります